Poésie Symboliste

Nos Maîtres et nos Morts
Par P. N. ROINARD

Les Survivants
Par V. E. MICHELET

La Phalange Nouvelle
Par GUILLAUME APOLLINAIRE

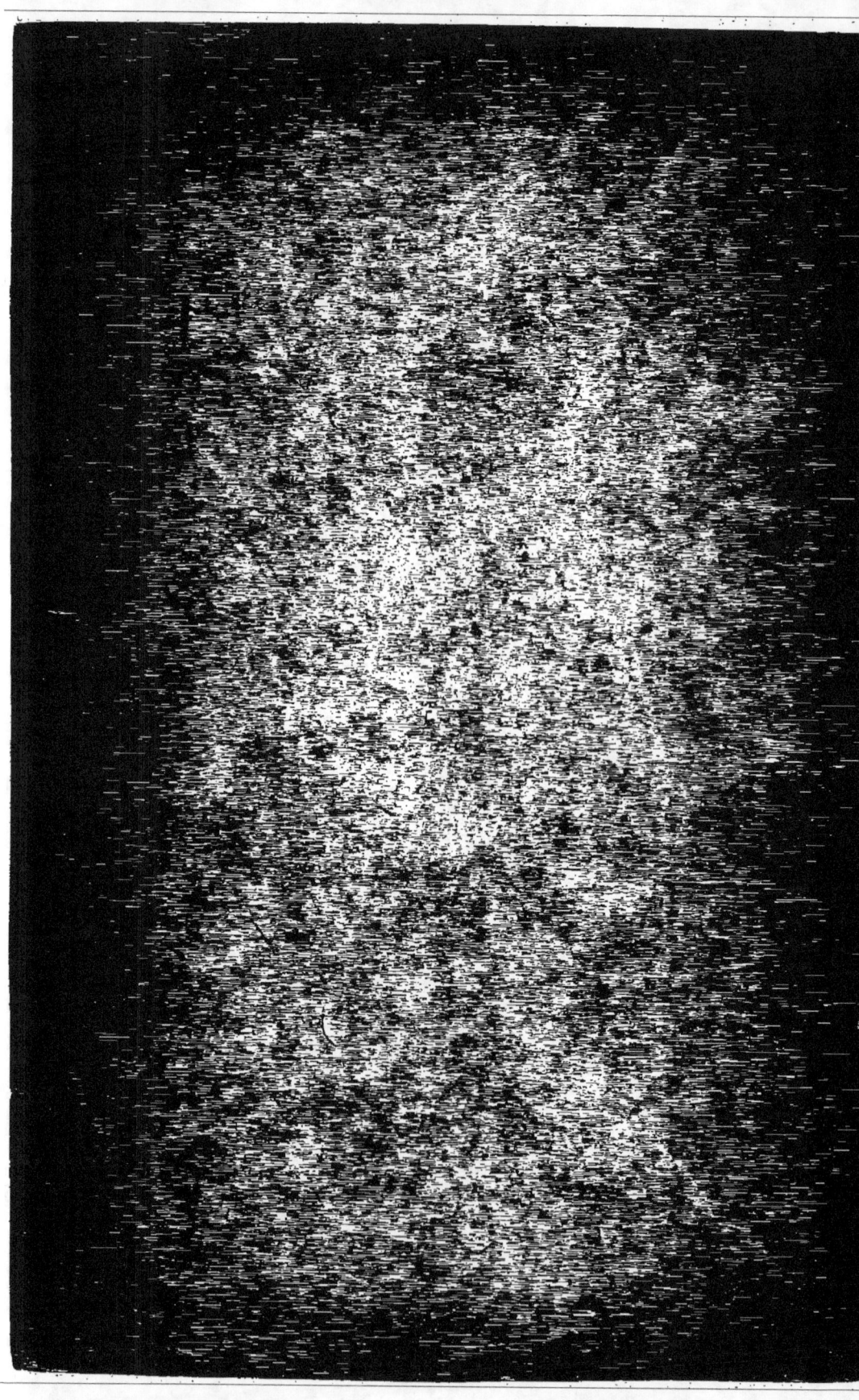

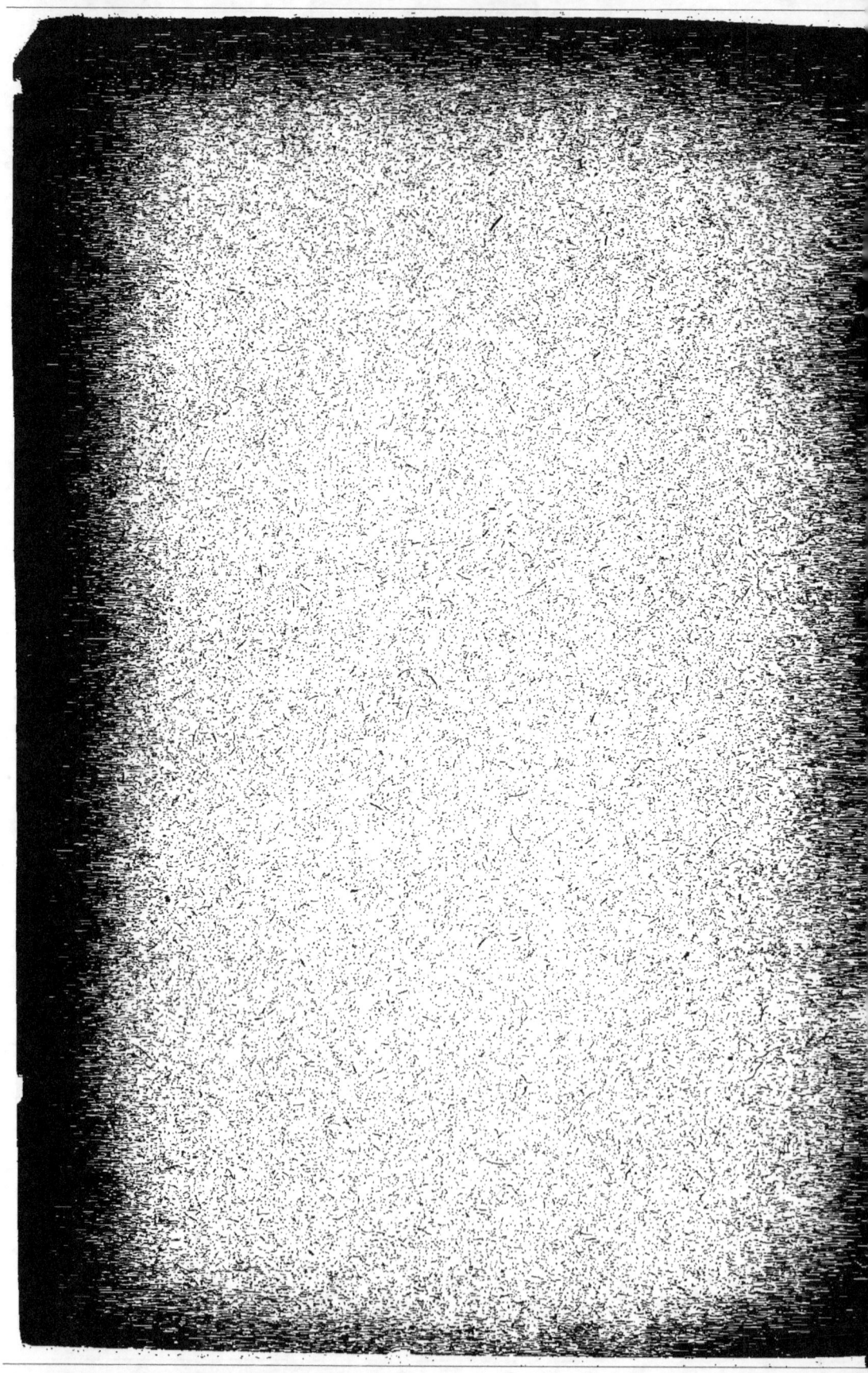

*A Maurice Cremnitz
son admirateur et son
ami*

*Guillaume
Apollinaire*

LA

POÉSIE SYMBOLISTE

L'Après-Midi des Poètes

LA

POÉSIE SYMBOLISTE

Trois Entretiens sur les Temps Héroïques

(Période Symboliste)

Au Salon des Artistes indépendants (1908)

Nos Maîtres et Nos Morts
Par P.-N. ROINARD

Les Survivants
Par Victor-Emile MICHELET

La Phalange Nouvelle
Par Guillaume APOLLINAIRE

PARIS
L'ÉDITION
4, rue de Furstenberg, 4
1908

Salon des Artistes indépendants

Premier Entretien (4 avril 1908)

Nos Maîtres et Nos Morts

par

P.-N. ROINARD

NOS MAITRES & NOS MORTS

MESDAMES,
MESSIEURS,
MES AMIS,

Au début de ces entretiens et récitations litté-raires, qu'en vénérante allusion à l'œuvre de notre Maître, Stéphane Mallarmé, nous signifions par ce titre symbolique : L'Après-midi des Poètes, mes collaborateurs et moi nous tenons à cœur de re-mercier les présidents, le comité et leur organisa-teur délégué, mon vieux camarade Paterne Berri-chon.

Il faut le proclamer, à dater de cet instant, la Société des Artistes indépendants se complète et, partant, se grandit en accordant plein accueil aux Poètes que vous allez entendre interpréter; car la plupart d'entre ces héros guerroyèrent des premiers, il y a quelque vingt-cinq ans, pour la création du groupement solide et maintenant si prospère qui veut bien leur offrir sa fraternelle hos-pitalité.

Désormais, on pourra consacrer aux poètes édités le long de chaque année et à quelqu'un de leurs admirés précurseurs nos Après-midi dédiées au culte du Poème, cette éternelle et miraculeuse chan-son dont souvent s'enchantèrent les siècles bien nés et bien doués.

Par ainsi, se trouvera réalisé le vrai Salon des Poètes !

Pour cette année, à nous les inaugurateurs, il échoit lourde besogne puisqu'il s'agit, en trois causeries, de vous exposer — comme en préface — l'histoire tragique de la Poésie et de ses martyrs pendant ces derniers quarante ans de souffrances.

C'est vous dire que nous entendons pieusement restreindre notre prose pour laisser le plus large espace à toutes les voix qui chantèrent presque étouffées, dans cette période en tourment d'idéal que le croissant respect des générations venantes authentifia sous cette expression de ferveur : Les Temps héroïques.

Dominés par le rigoureux souci de n'omettre aucun des poètes nombreux qu'il nous faut proposer à votre attention, mes amis et moi, sans envie ni parti pris contre les personnes ou les tendances, sans volonté de sacrer des individus ou d'autoriser des dogmes, nous céderons le plus souvent la parole à plusieurs de ces anciens voisins de lutte... Par la fierté probe, ardente et auguste qui transparaît dans leur façon de s'entr'estimer, vous songerez sans doute avec nous qu'à aucune époque, jamais endoloris de communes et si atroces tortures ne se sont plus profondément aimés.

Étroite et loyale camaraderie que l'ennemi persifla ! mais qui demeure toute à leur honneur.

Or, autant par bienséante déférence à votre égard que par fidélité envers si touchante tradition, je crois devoir, selon leur gracieuse coutume, vous présen-

ter mes deux vaillants collaborateurs, Michelet et Guillaume Apollinaire.

Le soin que l'on prit de convoquer trois écrivains de notre caractère pour vous retracer les principales phases des Temps héroïques, vous prouve que les plus dissemblables sincérités se jugent à leur place dans ce salon impartial, où toutes les opinions se peuvent rencontrer, vraiment indépendantes !

Victor-Emile Michelet dirigea en maîtrise l'Humanité Nouvelle ; Guillaume Apollinaire commanda en premier au Festin d'Esope. Voici donc deux poètes que, dans le peuple, on dénommerait familièrement : Chefs !

Ce mot suffit à vous les désigner et, plus que tout amical panégyrique, leurs œuvres vous les feront mieux connaître, c'est pourquoi je me bornerai tout simplement à vous lire, de chacun d'eux, quelque très beau poème :

SALOMÉ

par Guillaume Apollinaire

Pour que sourie encore une fois Jean-Baptiste,
Sire, je danserais mieux que les séraphins.
Ma mère, dites-moi, pourquoi vous êtes triste,
En robe de comtesse à côté du Dauphin ?

Mon cœur battait, battait très fort à sa parole,
Quand je dansais dans le fenouil, en écoutant.
Et je brodais des lys sur une banderole
Destinée à flotter au bout de son bâton.

Mais pour qui voulez-vous qu'à présent je la brode ?
Son bâton refleurit sur les bords du Jourdain ;
Et tous les lys, quand vos soldats, ô roi Hérode,
L'emmenèrent, se sont flétris dans mon jardin.

Venez tous avec moi, là-bas, sous les quinconces.
Ne pleure pas, ô joli fou du roi ;
Prends cette tête au lieu de ta marotte et danse.
N'y touchez pas ; son front, ma mère, est déjà froid.

Sire, marchez devant ; trabans, marchez derrière.
Nous creuserons un trou et l'y enterrerons.
Nous planterons des fleurs et danserons en rond
Jusqu'à l'heure où j'aurai perdu ma jarretière ;
          Le roi, sa tabatière ;
          L'infante, son rosaire ;
          Le curé, son bréviaire.

FRAGMENT

par Guillaume Apollinaire

Sirènes, j'ai rampé vers vos
Grottes, tiriez aux mers la langue
En dansant devant leurs chevaux ;
Puis, battiez de vos ailes d'anges,
Et j'écoutai ces chœurs rivaux.

Une arme, ô ma tête inquiète !
J'agite un feuillard défleuri
Pour écarter l'haleine tiède

Qu'exhalent contre mes grands cris
Vos terribles bouches muettes.

Il y a là-bas la merveille.
Au prix d'elle, que valez-vous ?
Le sang jaillit de mes otelles
A mon aspect, et, je l'avoue,
Le meurtre de mon double orgueil.

Si les bateliers ont ramé
Loin des lèvres à fleur de l'onde,
Mille et mille animaux charmés
Flairent la route à la rencontre
De mes blessures bien-aimées.

Leurs yeux, étoiles bestiales,
Éclairent ma compassion ;
Qu'importe, ma sagesse égale
Celle des constellations,
Car c'est moi seul, nuit, qui t'étoile.

Sirènes, enfin, je descends
Dans une grotte avide. J'aime
Vos yeux. Les degrés sont glissants.
Au loin, que vous devenez naines,
N'attirez plus aucun passant.

Dans l'attentive et bien apprise
J'ai vu feuilloler nos forêts.
Mer, le soleil se gargarise
Où les matelots désiraient
Que vergues et mâts reverdissent.

Je descends, et le firmament
S'est changé très vite en méduse
Puisque je flambe atrocement,
Que mes bras seuls sont les excuses
Et les torches de mon tourment.

Oiseaux, tiriez aux mers la langue.
Le soleil d'hier m'a rejoint.
Les otelles nous ensanglantent
Dans les nids des Sirènes, loin
Du troupeau d'étoiles oblongues.

SEXTINE DE L'ESPOIR MERVEILLEUX (1)

par Victor-Emile Michelet

As-tu trouvé des mots et des voix merveilleuses
Pour susciter l'astre nouveau de ton espoir
Triomphant de la mort, et des temps, et des soirs,
Révélant d'âge en âge à des âmes pieuses
La route qui conduit aux portes précieuses,
La route salvatrice à qui saura la voir ?

A celles qui t'auront aimé feras-tu voir
Un geste dessiné par des mains merveilleuses,
Sur l'horizon tragique où des fleurs précieuses

(1) Tiré de l'*Espoir Merveilleux* (*Société du Mercure de France, 1908*).

Adhalent des parfums de délice et d'espoir,
Geste annonciateur des aurores pieuses
Où s'anéantira l'ombre triste des soirs ?

Sombres comme la mer s'endormant dans le soir,
Des âmes du futur t'attendent pour te voir
Déchirer, d'un transport de ta fureur pieuse,
Les voiles dérobant des clartés merveilleuses
A leurs yeux éperdus de douleur et d'espoir,
Et que confirmerait ta force précieuse.

Plus ardent que l'éclat des pierres précieuses,
Que les ors d'un soleil sous le baiser du soir,
Dresseras-tu le corps vivant d'un jeune espoir,
Assez puissant pour que les yeux le puissent voir
Leur jeter la moisson des roses merveilleuses
Prise aux jardins enclos de ténèbres pieuses ?

Marche dans un manteau d'humilité pieuse,
— La gangue est tutélaire aux gemmes précieuses ; —
Ainsi peut-être, après les transes merveilleuses
D'approcher, sans faillir, de ton aube à ton soir,
L'étoile que ta foi n'a pas cessé de voir,
Auras-tu reculé l'horizon de l'espoir

Si tu restes fidèle au merveilleux espoir
Dont la réalité, dans tes heures pieuses,
Arrachait à tes yeux, éblouis de la voir,
Des larmes que l'Archange estime précieuses,
Quand l'aube paraîtra qui n'aura pas de soir,
Elle te vêtira de couleurs merveilleuses.

Merveilleuses amours dont vivait ton espoir,
Aucun soir n'éteindra leurs mémoires pieuses,
Précieuse rançon des jours que tu pus voir.

Oui ! L'Espoir Merveilleux !... Ah ! que ce titre aux vocables magiques résume et suggère en éloquence les fièvres inspiratrices et le pur élan d'âmes de tous ces pauvres gens, morts de faim, de lassitude ou de consomption vers l'attirant songe d'art ou d'universel amour qui les surhumanisait ! Qu'il évoque de renoncements de vanités et d'argent ! qu'il rappelle de constrictions de cœurs et d'estomacs ! Et puis, ce titre mystérieusement flamboyant, comme il ressemble à l'inaccessible lumière en perpétuelle fuite dans l'infini, et vers laquelle ils prosternaient leurs doux regards en larmes, cette lumière toujours reculante dont leurs fronts irradiés imploraient et cherchaient l'impossible auréole.

L'Espoir Merveilleux! c'était la gloire, inconnue mais devinée qui devait descendre d'un idéal encore obnubilé, et dont maintenant commencent à se dégager les nébuleuses formes sous un occulte vouloir de nue et splendide liberté.

La face tournée vers cet espoir, les yeux douloureusement éblouis, les regards presque innocents des visions terrestres, les veines taries à force de sacrifices consentis, ils marchaient, forts de leurs prodigieuses abnégations et de leurs persistantes patiences au labeur.

C'est que l'Espoir Merveilleux fécondait en eux et la grandeur et la révolte.

Leurs indicibles souffrances et débilités corporelles, ils les mataient d'enthousiasme ! et, debout dans l'effroyable dénûment des suprêmes misères, ils allaient, ils allaient quand même et comme malgré eux vers la Mort avec le Rêve pour seul et transsubstantiel aliment de leurs cerveaux extasiés.

Et cet espoir de conquête, de revanche ou de reprise était né de quelles angoissantes circonstances...

La guerre de 70 venait de faucher tous les orgueils faciles ; comme toujours, le sang semait la haine ! Après avoir essayé de botteler les derniers brins d'humanité restés sur pied, les plus acharnés résistants s'enfuyaient au loin des champs dévastés et râlants.

Tout ce qui survivait se blottissait contre l'ultime rafale. Nulle calamité plus exorbitante ne semblait plus à craindre qui pût dépasser en horreur les agonies de cette hideuse guerre. Tant de hautes conceptions, tant de belles énergies mortes gisaient, disparues dans les anonymes fosses à suaires de chaux vive, qu'on ne pouvait guère concevoir un surcroît de massacre et d'épouvantements.

Eh bien, derrière cette guerre étrangère, puis civile, devait surgir la plus abjecte et incroyable bataille d'appétits qu'aient jamais engendrée les rapacités politiques des médiocres et les avidités vaniteuses des faux génies !

Ici, sans vouloir me dérober aux dangers où m'entraîne le pénible sujet qu'il me faut traiter,

je crois devoir à l'avance vous avertir que, dési-
reux de parler en courageuse sincérité, je ne veux
pas qu'il subsiste entre nous de couarde équivoque.

Forcé par les faits de confronter, dans la mêlée
générale, la lutte sociale aux combats pour les
idées et pour l'art, j'aurai à discuter deux grands
hommes : Hugo et Zola ; mais, sachez le bien,
c'est aux seuls gens de lettres qu'ils se montrèrent
trop souvent que je m'attaquerai, car je n'entends
pas plus nier le génie d'Hugo qu'irrespecter la
glorieuse et périlleuse générosité qu'assuma Zola
vers la fin de sa vie... Zola, qui d'ailleurs, çà ou là, et
trop rarement à l'aventure, réalisa de très belles
et fortes pages de lyrisme, malgré sa phobie des
poètes, sa pénurie vocabulaire, sa coutumière mé-
connaissance des formes et ses laborieuses paresses
d'art... Cela bien entendu, je poursuis.

A l'heure sinistre où, vieilli, Victor Hugo revenait courbé sous les justes lauriers rapportés d'exil,
à cette heure horrifiante où des plaines rasées par
l'incendie, par la ruine et toutes fumantes encore
des abominables orgies de la Mort, à cette heure
vide où, las des tueries, l'ennemi s'en allait enfin
de notre sol, dans la poussière sanglante que sou-
levait l'éloignement de ses talons cadencés, à
cette heure où Thiers, le néfaste nabot, à tête de
hibou, grimpait sans ailes au pouvoir, mais tout
rayonnant d'avoir terrassé les plus rebelles et loyales
survivances nationales, on vécut en France un de
ces instants tellement ignominieux, que peu de peu-
ples au monde en traversèrent de pareils.

Sous l'épouvante, sous l'habitude panique d'entendre le canon et sous la crainte constamment suspendue de revoir, au moindre prétexte, les masses pillardes des triomphateurs, de tous côtés, les exploiteurs de cadavres, les prétendus génies, écrivains, artistes, banquiers tarés, poètes avares ou politiques avariés, toute la rampée des habiles, des lâches et des incapables, qui n'osait encore lever la tête de peur des retours d'obus, toute cette triste foule sortant des entrailles les plus infectes de la société se mit à marauder bassement, à plat ventre les quelques restants de l'infortune publique.

Ce fut ce fructueux moment que Zola et d'autres aspirants de lettres choisirent pour porter le suprême assaut vers le trône pompeux, mais tout de même glorieux et très envié, où le plus verbeux des poètes papalisait, tantôt foudroyant d'anathèmes les détracteurs de sa puissance, tantôt laissant baiser sa mule par la badaude multitude ou par la courtisanerie de tout temps intéressée à thuriférer toute grandeur.

Le Naturalisme, clandestinement, réoccupa toutes les places démantelées, se fortifia dans les postes vacants, se barda de titres et de glorioles, s'engraissa des détritus glanés dans la boue d'une littérature sans scrupules, sans dignité ni style, et rafla les pauvres sous d'une population abrutie, épuisée, bâillonnée, qui n'en revenait pas d'avoir sué les milliards emportés par le désastre.

Se targuant d'une niaise application d'on ne sait quelle menteuse science grapillée dans les manuels et qui masquait mal sa pauvreté de tout savoir, Zola, de volumes tristement écrits en livres

*

sans trêve plus alourdis, montait amorphe à son piètre apogée.

Or, vers 85, comme sa personne tenace d'ambitieux et sa production journalière de machine commençaient à encombrer et à opprimer les lettres françaises, un vent de rébellion encore lointain sourdement gronda.

Hugo mourait et Laforgue allait disparaître.

Un tourbillonnement de gouffre devait s'ouvrir sur leur double anéantissement. Au bord de l'abîme, le puissant Léon Bloy se dressait, véhément ; et, bouillonnant de brouillonnes ardeurs, chacun y pérorant sans visées bien nettes, le tumultueux Chat noir *sollicitait la curiosité des oisifs et des blasés. De partout, on implorait du nouveau. Les revues arboraient juvénilement des devises d'indépendance. Le* Théâtre libre *naissait sous le parrainage des libertaires de la Butte, car la région du Sacré Cœur s'échauffait, et musiciens en rupture de formules, artistes épris de couleurs vives ou décadents pressés de régénérer la langue, faméliques, hommes de foi ou mystificateurs s'abattaient à la fois de la butte Montmartre et de la Montagne Sainte-Geneviève sur Paris. Rollinat triomphant s'exilait tôt chassé par la rancœur et le dégoût de cette capitale qui l'acclamait. Richepin perpétuait Hugo et surgissait l'un des plus grands lyriques de ces temps-là, et, douloureux, l'admirable Charles Cros advenait, penchant tout de suite vers une fin prématurée !*

Cros, le génial Cros, sorte d'illuminé, fondateur, en 74, de la fameuse Revue du Monde Nouveau, *où il traitait de l'Alchimie moderne, Cros l'étrange poète qui, avant quiconque, inventa ce qui s'appelle le phonographe, Cros le rêveur et fantasque savant qui rimait entre temps ou des monologues cocasses ou des poèmes de poignante émotion.*

En vers, il se révéla symboliste un des premiers, à peu près comme en peinture Fantin-Latour s'avéra l'un des premiers pointillistes.

De son livre trop combattu, trop oublié, le Coffret de Santal, *nous exhumerons l'une des plus remarquables pièces :*

L'ORGUE (1)

par Charles Cros (1842-1888)

Sous un roi d'Allemagne, ancien,
Est mort Gottlieb le musicien.
On l'a cloué sous les planches.
    Hou ! hou ! hou !
Le vent souffle dans les branches.

Il est mort pour avoir aimé
La petite Rose de Mai.
Les filles ne sont pas franches.
    Hou ! hou ! hou !
Le vent souffle dans les branches.

(1) Tiré du *Coffret de Santal* (édition P. V. Stock, 1903), et récité par M. André HABAY.

Elle s'est mariée, un jour,
Avec un autre sans amour.
« Repassez les robes blanches ! »
          Hou ! hou ! hou !
Le vent souffle dans les branches.

Quand à l'église ils sont venus,
Gottlieb à l'orgue n'était plus,
Comme les autres dimanches.
          Hou ! hou ! hou !
Le vent souffle dans les branches.

Car depuis lors, à minuit noir,
Dans la forêt on peut le voir
A l'époque des pervenches.
          Hou ! hou ! hou !
Le vent souffle dans les branches.

Son orgue a les pins pour tuyaux ;
Il fait peur aux petits oiseaux .
Morts d'amour ont leurs revanches
          Hou ! hou ! hou !
Le vent souffle dans les branches.

Alors, vous disais-je, Paris cabré, hennit, secoué d'un mâle frisson de Renouveau. La sublime chanson de Verlaine sanglota derrière le Panthéon, et la grandeur de Mallarmé montait dans les ors sanglants et crépusculaires d'un vieux soleil couchant.

Notre Porphyrogénète enfin s'élançait de sa modeste et sereine pénombre. Verlaine et lui, depuis longtemps évadés hors les inertes scintillements dont restaient glacés les sommets du Parnasse, allaient tous deux, par une fraternelle accolade, sceller le pacte d'alliance et de ralliement, et, sous leur libre égide, accourut une légion d'âmes qui déjà s'entre pressentaient sans se connaître.

A la définition célèbre de l'analyste Zola : « Le Naturalisme, c'est la nature vue à travers un tempérament », Mallarmé répliquait par les termes absolus de cette phrase, qui provoquait en synthèses l'avènement de l'art prochain :

Le Poète doue d'authenticité la nature.

Et l'on vit soudain tous les passionnés de la Beauté, tous les croyants à la Bonté,

Mordant au citron d'or de l'Idéal amer.

Des fêlures de la Nation revigorée, à cette minute de foi, se levèrent des énergies déterminées vers l'affranchissement de la conscience universelle et vers la libération de notre langue servilisée, appauvrie et veule depuis un demi-siècle. Et de toutes parts, ceux-là qui partaient en croisade Vers le Mieux pouvaient d'un cœur unanime s'écrier :

« Nous sommes prêts aux plus décourageants sacrifices pour défendre notre personnalité et notre verbe contre les barbares du dehors et du dedans! »

C'était vers 86, alors que commençait à sortir de l'ébauche cette œuvre désormais parfaite : La Société des Artistes indépendants.

Sous les efforts combinés et successifs de Valton, de Luce, de Berrichon, d'Anquetin, d'Angrand, Maufra, Rousseau, Vogler, Jaudin, Sérusier, Denis, Vuillard, Bonnard, et plusieurs autres, la formule « sans jury ni récompenses » attirait et conquérait enfin jusqu'aux moins amoureux de liberté. D'ailleurs, même la province, cette province toujours ensommeillée, soudainement s'étirait, et la Grand'Ville, naguère soumise, la Grand'Ville tout à coup sursauta de voir ses ténèbres s'étoiler des versicolores flammes qu'agitaient les nouveaux porte-flambeaux.

A larges coups de plume et à renfort d'insistantes clameurs, on exalta pêle-mêle les discutés précurseurs et les puissants lutteurs : Rodin, Puvis de Chavanne, Henri Becque, Anatole France, Gustave Moreau, Cladel, Rimbaud, Carrière, Corbière, Laforgue, Fantin Latour, et de force, l'on finit par amener au jour les dédaignés ou reniés du Naturalisme, les solitaires et tous les grands qu'une basse concurrence d'intérêts cachait au public : Villiers de l'Isle Adam, Manet, Huysmans, Cézanne, Monet, Sisley, Seurat, Signac, les Pissaro, et puis Van Gogh, et puis Lautrec et Gauguin.

A cette époque unique, le long des rues effrayées, il passait de fervents et fantastiques pèlerins de gloire, aux manteaux élimés, qui s'en venaient à jeun et sandales usées chez les meilleurs de tous : les Maîtres et les Hospitaliers; chez Mallarmé, chez Verlaine, chez Rodin, chez Carrière, chez Dolent et chez d'autres moins connus, qui voulaient bien ravitailler et réconforter la marche des neuves admirations.

A ceux-là, tous pouvaient demander franchement pâture pour l'énergie et refuge contre le silence.

Car l'ennemi affectait de nous taire !

Et l'ennemi se dénombrait, du haineux Maupassant au plus doux des Daudet, du pire Parnassien — que je ne nommerai pas — car il faut rendre silence pour silence ! — aux sous-parnassiens les moins mauvais.

A part quelques exceptionnels, Léon Dierx, Mirbeau, Gustave Geffroy, Jean Lorrain, Descaves, Roger Marx et Frantz Jourdain, toutes les plumes, à becs grinçants, crachaient du fétide et de l'obscur contre nous.

Cet ennemi vigilant et menacé dans sa suprématie mal acquise n'hésitait pas devant les plus indignes et perfides moyens pour sauvegarder sa pingre domination.

Le silence, ce fut l'arme invisible et imparable, la sourde massue dont on assomma toutes les victimes expiatoires de cette sublimité : « Les Temps héroïques ! »

Ou bien l'on fulminait contre la Décadence et ses livres, sans désigner leurs auteurs, ou bien l'on travestissait les noms, et le public, qu'on leurrait pour le frustrer des meilleures jouissances d'art, applaudissait, riait et la bouche ouverte en stupide tirelire, ou en intellectuelle fente d'urne électorale.

Il y avait aussi d'autres armes qu'on brandissait, dont on feignait de vous cingler et qu'on remettait méprisamment au fourreau. On affirmait, par exemple, que celui-ci n'était qu'un ivrogne, celui-là qu'un fumeur d'opium, ce troisième un morphinomane ; on insinuait que tels autres se

conduisaient en fous furieux, en forcenés, en to-
qués, en invertis ou en souffrants de la pire des ma-
nies : celle de la persécution, comme si vraiment ce
misérable ennemi ne nous persécutait pas tous !...
Mais !.. jamais embûches ni assassinats ne se mul-
tiplièrent, plus hypocrites, plus masqués et pusil-
lanimes dans aucune des phases de l'humanité,
pourtant et depuis toujours, si traîtreusement
féroce.

Entre temps, la route s'échelonnait de cada-
vres.

Après Jules Tellier, Fernand Icres, Hector
Sombre, le doux Alfred Poussin, puis Louis
Germain et, plus tard, Henri Degron, Eugène
Gaillard, Audricourt et bien d'autres mouraient
inconnus ou méconnus.

Ah ! ce malheureux Poussin, grand gars aux
yeux si bons, si clairs, ce fut peut-être lui qui jeta
la note la plus humblement criante dans cette
période où, par crainte de déchoir en avouant
sa détresse, chacun bâillonnait ses rugissements.
Entendez cette douce parole si flétrissante :

A CHARLES CROS (1)

Tu n'as plus à souffrir des luttes d'ici bas.
— Poètes tous les deux, nous menions même vie :
J'ai pleuré ton départ. — Maintenant je t'envie !
Te voilà délivré ; moi, je ne le suis pas.

(1) Tiré de *Versiculets* (édition Léon Vanier 1892).

DANS LA RUE

J'ai vécu longtemps au hasard,
Sans un sou, bayant à la nue.
Ne pouvant entrer nulle part,
J'étais prisonnier dans la rue.

OU VAIS-JE ?

Où vais-je ? hélas ! je n'en sais rien ;
Je n'ai jamais pu me connaître
Je marche au hasard comme un chien
Qui n'aurait ni gîte, ni maître.

Ah, voyez-vous ! c'est qu'alors on n'aimait pas les poètes. Ce mot lui-même portait si bien à signifier un grotesque ou quelque pauvre être lamentable et maupiteux, que, toute leur vie, Maupassant, Zola et beaucoup de naturalistes se sont assidûment appliqués à étouffer en eux le meilleur de leur cœur afin qu'on n'eût jamais motif de les insulter d'un si déplorable titre! Poète !... Ah, que non !...

Peu à peu, malgré les vides que déploraient les assaillants et contre les formidables ressources de l'ennemi, la jeunesse exaspérée se transfigura, ne voulant plus rien connaître d'interdit, et s'avança en masses serrées et de plus en plus affamées.

Des flancs de la Butte au sous-sol du « Soleil d'Or »,— où s'évertuait La Plume *de Deschamps et*

1 **

de Maillard, — s'échappaient d'explosantes forces
en ardente humeur de mener le branle contre les
vaines gloires périmées.

Au sortir de ces lieux fumeux et volcaniques,
on voyait, le gaz éteint, s'éloigner bras dessus
bras dessous par les rues, vers l'heure trouble
du matin, des adolescences disputantes et très
diverses : Malato, Prolo, Ortiz, les révoltés ; les
quatre Gabriels, Montoya, Vicaire, de la Salle et
Randon ; et Jho Pale et Amyot et Chapayroux et
Huot et Cazals, Lemercier et Trimouillat et Pourot,
et Gabillard et Georges Meunier et Louis· Richard, de Bercy, et Henri Beauclair, notre Charles
Morice, A. Retté, la Tailhède, Duplessis, Paul Fort,
et, parmi tout ce pullulement d'énergies, un océan
de philosophie écumait! de ce roc, Paul Paillette,
aux mages lointains, Papus et Guaita, déferlait
de cet îlot, Charles Buet, jusqu'aux pieds vernis
et majestueux de notre éminent et flegmagogue
palinodiste Maurice Barrès.

Mais, en cette grouillante montée d'enthousiasmes, il serait interminable de dénombrer la multitude de toutes les intéressantes ou vaines figures
qui se pressaient entre le brave père La Purge
et l'élégiaque Lucien Hubert, entre le somptueux
Laurent Tailhade et le sceptique Léo Trézenick,
entre le chanteur romanisant Ernest Raynaud et
le grand prosateur Paul Adam.

Pourtant, au sein de cette généreuse cohue, je
voudrais projeter particulièrement votre admiration sur un groupe qui, de tous, fut le plus

éprouvé : je veux parler de ce faisceau de belle
force que formaient Dubus, Aurier, Leclercq, le
poète en prose qui célébra Myriam de Magdala,
Théodore Chèze et le lyrique des douleurs popu-
laires, Gabriel Randon, devenu Jehan Rictus.

Les trois premiers d'entre eux, Messieurs, suc-
combèrent des suites de la faim et aussi de lassi-
tude. Quant aux deux survivants, si je les appe-
lais à témoigner ici, ils vous crieraient si furieu-
sement ce que leurs frères ont souffert, que ce se-
rait à sangloter. Je préfère vous inviter à saluer la
mémoire précieuse de ces trois chevaleresques
caractères qu'ils pleurent, que nous pleurons... car
ceux-là voulurent bien m'honorer de leur chaude
et chère affection.

LE VOYAGE QUI NE FINIRA PAS (1)

par Albert Aurier (1865-1892)

Voici donc qu'ont brillé les lanternes des phares
Dans la livide nuit où mouraient les galères,
Et qu'oubliant ses peurs et ses blêmes colères
L'équipage s'exalte en hilares fanfares !...

(1) Tiré des *Œuvres Posthumes* (*Société du Mercure de France*) et récité par M. Marcel OLIN.

...« Avec un tempérament outrancier d'observateur ironiste, une tendance à des jovialités rabelaisiennes, Aurier se trouva, dans ses premières années d'étudiant, engrené dans un mouvement littéraire en apparence très opposé à ses penchants. Il voyait loin, déjà, et de haut,

C'est la fin du voyage et des périls moroses,
Et l'immense bonheur du tardif arrivage !...
Sans doute, des mouchoirs s'agitent au rivage !..
Ils reverront enfin des robes et des roses !...

Et l'aube a coloré la lointaine jetée
Où la mer monotone et méchante se brise...
Mais, hélas ! nul mouchoir ne flottait dans la brise...
Et sur les quais hurlait une foule emportée,

parmi une série de poètes fantoches, myopes et criards ; par laisser-faire, par paresse de les mépriser, il voulut bien être leur dupe, et, plus décadent que l'intelligence de M. Baju ne pouvait le concevoir, il leur récita des vers où nul ne soupçonna la parodie, vers « pourris » qui sortaient du cerveau le plus sain et le plus conscient. Mais, de même que tout n'était pas ridicule dans le Décadent, tout n'est pas de pure fumisterie dans les vers qu'Aurier y donnait abondamment ». .

(Préface des *Œuvres posthumes* par REMY DE GOURMONT)

A propos de ces tendances à la mystification que Gourmont relève dans le caractère d'Aurier, voici une anecdote qui prouvera que, si la vie nous était épouvantable à cette sombre époque, nous savions tout au moins la supporter avec une certaine crânerie joyeuse :

Un soir, Aurier nous propose, à Dubus, Leclercq et à moi, de fabriquer un sonnet qu'on signerait de ces deux mots, alors magiques, général *Boulanger*, et qu'on enverrait au *Décadent*.

Le sonnet trouvé, enlevé et rimé en quatorze sec, verbalement somptueux et prodigieusement ennuagé de mystère, est envoyé sur-le-champ à Baju avec une carte du brave général Tout le monde en recevait alors de ces cartes. Baju piaffe d'enthousiasme, puis bondit à l'imprimerie, et le sonnet paraît dans le *Décadent*.

Tout le monde en admire la forme impeccable. Personne ne soupçonne en l'étrangeté des rimes une intention un⁄

Qui lançait des cailloux vers leurs néfastes voiles !...
— Oh ! les rêves, parmi les roses et les femmes !....
Faudra-t-il donc encor se courber sur les rames
Et supplier des mains les propices étoiles ?...

— Les matelots navrés ont cessé leurs fanfares,
Et, pour fuir le rivage aux sanglantes colères,
Déjà, sous le ciel d'or, s'éloignent les galères
Vers l'illusoire rive où brillent d'autres phares...

A LA FIANCEE (1)

par Julien Leclercq.

Ton âme est la forêt silencieuse et vaste,
Qui tremble au vent léger de ta mélancolie ;
Comme au ciel d'un soir calme une étoile palie,
Sur elle avec bonté s'allume mon œil chaste.

tantinet osée. On n'y remarquera que plus tard un vers prophétique :

« *Et périculoser le gué du Rubicon !* »

Mais, pour le moment, on se contente d'admirer ce chef-
d'œuvre qui commence par cet autre vers où semble errer
une discrète allusion : « *Emmi la glycinale idylle du balcon ..* »
Nul ne flaire la fumisterie. Aurier et nous sommes ravis du
succès. Baju triomphe. Huit jours après, on le voit brandir
une lettre de remerciement du brave général, qui se déclare
très honoré qu'on ait bien voulu imprimer son œuvre !
Cela n'est pas le moins drôle de la mystification, je pense.
(Note de P. N. R.)

(1) Tiré de *Strophes d'Amant* (édition Alphonse Lemerre,
1891) et récité par Mlle Blanche ALBANE.

Dans *Strophes d'Amant*, fraternellement préfacées par

Nid fragile, ton cœur, dans ce troublant domaine,
Reste muet malgré l'émoi des hautes branches :
L'oiseau d'amour y dort sous ses deux ailes blanches,
N'ayant encor jamais ouï la voix humaine.

L'heure est proche pourtant où le ciel se pavoise ;
A l'aurore, l'oiseau va chanter sa romance,
Et toi, ne veux-tu pas qu'alors je l'apprivoise ?

Je serai l'oiseleur plein de tendresse immense,
Dont la câline main lui sera douce à l'aile,
Pour de ton cher amour faire un chanteur fidèle.

G.-Albert AURIER, de jolis vers sentimentaux, élégies de poète amoureux, blasphèmes ingénus, renouveaux d'espoirs, musiques de mélodies vagues, quelquefois chutes dans le banal, par découragement dans la difficulté d'être simple, et tendance coupable à dédier des madrigaux à des demoiselles dont l'ingratitude est sa juste punition. Préoccupé de choses terrestres, il semble attendre impatiemment de suprêmes et nécessaires déceptions pour se réfugier dans le seul art.....

(BENJAMIN SALVAT, pseudonyme de Leclercq.)
(Portraits du prochain siècle.) ED. GIRARD, 1894, librairie Dujarric.

..... Et maintenant que semble s'accalmer la tempête, la terrible et ridicule tempête de l'au-jour-le-jour, à l'œuvre pour des poèmes nouveaux et plus mûrs ! Assez de romances de trouvère amoureux, assez de chansons de gentil page sentimental : l'heure des œuvres plus viriles a sonné !

Voici déjà que volettent, dans le ciel plus serein, des idées et des rimes .. A l'œuvre et que subsistent seulement de tout ce jadis les meilleures épaves retrouvées dans le coffret durant cette nuit d'accalmie, ces *Strophes d'Amant* que le poète offrira au public — j'imagine — comme le livre d'un très jeune frère qui serait mort....

27 Mars 1891. G.-Albert AURIER. (Prélude de *Strophes d'Amant.*)

L'IDOLE (1)

par Edouard Dubus

Les bras levés en un grand geste qui bannit,
L'antique idole d'or, à la bouche narquoise,
Du mal enchantement de ses yeux de turquoise,
Eclaire son immense temple de granit.

Depuis la voûte impénétrable qui l'abrite,
Jusqu'à l'autel de marbre noir, son piédestal,
Tout l'édifice qu'ornemente un art brutal,
Trahit un culte sombre au maléfique rite.

Un nuage d'encens, lourd d'apparitions,
Exhalé d'encensoirs défaillants s'y déroule,
Et tombe à plis voluptueux sur une foule
Muette et prosternée en adorations.

---

(1) Tiré de *Quand les violons sont partis* (édition de la *Bibliothèque artistique et littéraire* de la *Plume*) et récité par M. André HABAY.

Monsieur Edouard Dubus nous apparaît surtout comme un poète de sentiment, un des derniers poètes de sentiment tout à fait près de Verlaine, avec, pourtant des garanties de développements, de certains développements qui donneront autre chose ...

Un poète du sentiment.. mais point sentimental ; de là sans doute le sourire mi-navré, mi-ironique de cette poésie où toutes sortes de tendresses s'évaporent dans le doute, se meurent d'incertitude, encens à qui l'espace fait défaut.

Dès les vieux jours, ensevelis dans les ténèbres,
Viennent là toutes les tribus de l'univers
Se profaner, sans joie, en hommages pervers,
Où leur âme s'endort pour des réveils funèbres.

Parfois quelqu'un surgit de lumière vêtu,
Qui, jetant l'anathème au fond du sanctuaire,
Fait retentir, dans un silence mortuaire,
Sa voix, où pour jamais l'accent humain s'est tu.

Il exalte un espoir insensé de victoire
Qui, sous les pieds cruels de la divinité,
Révolterait son peuple en serpent irrité
Dans le mépris d'un châtiment expiatoire.

Et, le regard dans une extase évanoui,
S'ouvre la chair de la poitrine avec les ongles,
Puis lève haut, comme une fleur pourpre des jungles,
Les mains rejointes en calice épanoui.

Quelque chose comme le sourire des Anges de Vinci ; mais
d'anges moins baignés d'infini, moins noyés de transparents
velours. M. Edouard Dubus ne pousse pas l'effusion jusqu'à
la métaphysique.

Il montera pourtant, c'est la suite inévitable de son talent.
Jusqu'ici le sentiment puis il suivra, en leur essor, toutes les
harmonies supérieures, qui des profondeurs mêmes du sentiment, se détachent, s'élèvent et, transposées dans l'infini,
nous offrent en beauté un merveilleux mirage de nous-
mêmes, un ineffable mirage que ceux-là seuls, touchés du
don d'aimer, peuvent entrevoir, pressentir par delà l'amour,
même en divin couronnement de l'amour...

(Portraits du Prochain Siècle) EDMOND BARTHÉLEMY.

Tous, alors, bondissant de leur sommeil stupide,
Morne océan qu'un vent de haine a déchaîné,
D'une seule clameur hurlent : qu'il soit traîné
Dehors, et que la main des femmes le lapide.

Et derechef, quand c'est fini de l'apostat,
Ils s'accroupissent dans leur fête sépulcrale,
Blasphémant : qu'ils arracheront son dernier râle
A qui se dresserait pour un même attentat.

Mais, dédaigneuse et se riant des forfaitures,
Sachant par tous les morts qu'en vain s'attaqueront
A son joug triomphal, qui leur courbe le front,
Les générations vivantes et futures,

Les bras levés en un grand geste qui bannit,
L'antique idole d'or, à la bouche narquoise,
Du mal enchantement de ses yeux de turquoise
Eclaire son immense temple de granit.

Oh! lorsque tout à l'heure je vous parlais si douloureusement de ces nobles et vaillants amis, ne croyez point que l'amertume de mes souvenirs m'induisait à exagérer.

Entendez, pour vous convaincre, ce que pense de cette époque Félicien Fagus, un poète de la jeune génération actuelle et, partant, que nul ne saurait suspecter de partiale aversion ou de vindicative rancœur.

« La vie fut dure, oui, bien dure à ces frères aînés! Bien dure ; délire héroïque ! Combien ont

eu faim, qui ne le confessaient pas, lesFiers!... et réciproquement le devinaient, trop experts à interpréter l'insolite scintillement d'un regard, le fiévreux hachement des paroles ! Ah! tels qui vaguaient de nuit par les rues, comme des fêtards attardés, avaient de navrants motifs à ne pas rentrer au domicile, et ce n'était pas l'alcool nécessairement qui faisait tituber ! Ceci est platement exact. Or, ceux qui ne surent pas toujours où ils souperaient trouvaient — comment! mon Dieu ! — des sous pour fonder ces dix mille Revues qui vivaient trois, dix numéros, et expirées, en susciter d'autres. Ah! que ç'a été beau tout cela ! »

De ces Revues dont parle Fagus, voici les principales, que je cite un peu à vol de mémoire : en 82-83, Lutèce, *avec Trezenick, Tailhade et Beauclair ; de* 84 *à* 88, La Revue Indépendante, *avec Fénéon, Dujardin et Gustave Kahn ; en* 85, *la* Revue Contemporaine *d'Ed. Rod ; en* 86, La Vogue, *avec Jules Laforgue, Kahn et Paul Adam ;* La Pléiade *avec Quillard, Darzens, Mikhael, St-Pol Roux, Emile Michelet, Van Lerberghe et Mæterlinck;* Le Moderniste, *d'Aurier ;* Le Scapin, *de Dubus ;* La Jeune France, Le Paillasson *de Laurent Tailhade; en* 87, La Cravache, *de Georges Lecomte, les* Ecrits pour l'Art, *de René Ghil et Gaston Dubedat; puis d'années en années, d'autres éclorent, disparurent, reparurent et dont certaines surexistent :* La vie Moderne *et* La Basoche, l'Art Moderne, La Revue Critique, Le Mercure de France, *de Vallette, Gour-*

mont, *Rachilde Dumur, Hérold, l'Ermitage de Mazel, nos* Essais d'Art *libre, avec Girard, Le* Décadent, *la* Revue Wagnérienne, *Notre* En dehors, *avec Zo d'Axa,* La Wallonie, Les Entretiens politiques *et* littéraires *de Paul Adam, Vielé-Griffin et Bernard Lazare, et tant d'autres que je regrette d'oublier.*

« *Ces Décadents, ajoute Fagus, ces décadents, que la légende judicieusement cultivée raconte des ignorants écrivant en iroquois faute de connaître leur français savaient tout, lisez-les ! les revues d'alors et tant et tant de livres ! des bibliothèques de livres... Je me souviens de mon premier contact avec Emmanuel Signoret : Henri Strentz parle des Latins dits de la Décadence, et Signoret récite une page de Sidoine Apollinaire... parle du père Hugo... La conversation remonte à Lucrèce. Signoret lâche d'une haleine le début du* 4e *livre... Et puis Pindare... et puis et puis !*

Et ces poètes faméliques ont encore déterré des sous pour sauver le camarade le plus en détresse.

Ah ! Parnassiens impassibles, Parnassiens prébendés qui permîtes que de phtisie et de misère, crevât votre frère Glatigny ! qui permîtes que Villiers de l'Isle-Adam écrivit faute de table, sur le carreau d'une soupente, pas même sienne, l'ineffable Eve future *!... J'oubliais que certains firent l'aumône à Paul Verlaine.*

Rodin a raconté une rencontre tragique : « En 78, *existait, vers la place Pigalle, un hôtel hideusement borgne habité rien que de femmes, dont* à chaque crépuscule il se dégorgeait ; un poète, une nuit, fut ramassé là, inaniné, remâchant depuis des jours son inanition. Dans cet hôtel, logeaient deux autres hommes, seuls hôtes mâles de l'horrible maison : Debrit collaborateur de M. Decourcelle et qui un jour se jettera de la fenêtre de Sarcey sur le trottoir. Etrange n'est-ce pas ; tant de gens, dans les Lettres françaises y prospèrent ! L'autre Philippe-Auguste Mathias, comte de Villiers de l'Isle-Adam et prince à qui des rois couronnés n'avaient pas héraldiquement, tous, droit d'écrire : Mon cousin, et qui là, mourant de faim, anonymement écrivait cette chose prodigieuse : Akédysséril. »

Vous voyez, Mesdames, Messieurs, par ce qu'en gémit Fagus, combien l'écho déchirant de ces temps héroïques continue sa répercussion vengeresse en les ardentes consciences d'à présent. Devant une pareille et si désintéressée diatribe, qui donc de vous, ô Naturalistes, ô Parnassiens plus ou moins envieux et rentés, qui de vous oserait encore crier que nous avions la manie de la persécution ?

Mais revenons aux luttes qui se poursuivaient de jour en jour plus acharnées. L'ennemi se sentant débordé, il lui fallait, sinon demander merci, tout au moins combattre avec moins d'impéritie.

C'est alors que le plus machiavélique de ses capitaines suscita l'enquête Huret, destinée à couvrir de ridicule les voix les plus autorisées de l'adverse déchaînement.

« *Ah ! ils criaient à la conspiration du silence, tous ces jeunes révoltés : eh bien, on allait leur en passer de la réclame !...* »

On sait ce qu'il advint ; de bonne foi, tous ces affamés sautèrent par fringale sur l'appât empoisonné, qu'ils s'entre-disputèrent, et il s'ensuivit nombreuses rancunes et dissociations. C'en était fait et traitreusement fait. On avait jeté la discorde et la suspicion entre les Symbolistes ; et, malgré le premier banquet de la Plume, malgré cet autre qui fut une manière de cène où, solennellement, pendant quelques heures, on laissa régner Jean Moréas d'Athènes, histoire de s'entre-dévisager, la confiance sombrait. Les prodigieuses soirées du Théâtre d'Art eurent beau galvaniser les ardeurs lasses, et ensuite les représentations de l'Œuvre provoquer de bruyantes batailles d'idées, la débâcle commençait ; le Procès des Trente acheva brutalement de disperser toutes les survivantes bonnes volontés. Chacun s'isola, dégoûté de cette lutte si meurtrière et qui risquait de rester inféconde. D'aucuns s'attelèrent à des œuvres ; d'autres, plus désillusionnés, se contentèrent de revivre l'ancien Espoir merveilleux à travers les livres des héros défunts ; et, pour ce jourd'hui que nous consacrons à la glorieuse fête de nos altiers disparus, sans doute vaut-il mieux imposer silence à nos haines et tout religieusement écouter leurs beaux poèmes, qui nous vengent et nous consolent de nos deuils.

2

EFFET DE SOIR (1)

par Ephraïm Mikhael (1365-1890)

Cette nuit, au-dessus des quais silencieux,
Plane un calme lugubre et glacial d'automne.
Nul vent. Les becs de gaz en file monotone
Luisent au fond de leur halo, comme des yeux.

Et dans l'air ouaté de brume, nos voix sourdes
Ont le son des échos qui se meurent, tandis
Que nous allons rêveusement, tout engourdis,
Dans l'horreur du soir froid plein de tristesses lourdes

Comme un flux de métal épais, le fleuve noir
Fait sous le ciel sans lune un clapotis de vagues.
Et maintenant, empli de somnolences vagues,
Je sombre dans un grand et morne nonchaloir.

Avec le souvenir des heures paresseuses,
Je sens en moi la peur des lendemains pareils,
Et mon âme voudrait boire les longs sommeils
Et l'oubli léthargique en des eaux guérisseuses.

Mes yeux vont demi-clos des becs de gaz trembleurs
Au fleuve où leur lueur fantastique s'immerge,
Et je songe, en voyant fuir le long de la berge
Tous ces reflets tombés dans l'eau comme des pleurs,

(1) Tiré de son livre *L'Automne* (Poèmes 1886) et récité
par Mlle Juliette FAGAZZI.

Que, dans un coin lointain des cieux mélancoliques,
Peut-être quelque dieu des temps anciens, hanté
Par l'implacable ennui de son Eternité,
Pleure ces larmes d'or dans les eaux métalliques.

L'INFANTE (1)

par Albert Samain (1858-1900)

Mon âme est une infante en robe de parade,
Dont l'exil se reflète éternel et royal
Aux grands miroirs déserts d'un vieil Escurial,
Ainsi qu'une galère oubliée en la rade.

Au pied de son fauteuil, allongés noblement,
Deux lévriers d'Ecosse aux yeux mélancoliques
Chassent, quand il lui plait, les bêtes symboliques
Dans la forêt du Rêve et de l'Enchantement.

Son page favori, qui s'appelle Naguère,
Lui lit d'ensorcelants poèmes à mi-voix,
Cependant qu'immobile une tulipe aux doigts
Elle écoute mourir en elle leur mystère...

Le parc, alentour d'elle, étend ses frondaisons,
Ses marbres, ses bassins, ses rampes à balustres ;
Et grave, elle s'enivre à ces songes illustres
Que recèlent pour nous les nobles horizons.

(1) Poème tiré du livre *Au jardin de l'Infante* (*Société du Mercure de France* en 1893 et 1894) et récité par Mlle Blanche Albane.

Elle est là résignée, et douce et sans surprise
Sachant trop pour lutter, comme tout est fatal,
Et se sentant, malgré quelque dédain natal,
Sensible à la pitié comme l'onde à la brise.

Elle est là, résignée et douce en ses sanglots,
Plus sombre cependant quand elle évoque en songe
Quelque Armada sombrée à l'éternel mensonge
Et tant de beaux espoirs endormis sous les flots.

Des soirs trop lourds de pourpre où sa fierté soupire,
Les portraits de Van Dyck aux beaux doigts longs et
[purs,
Pâles, en velours noir sur l'or vieilli des murs,
Et leurs grands airs défunts la font rêver d'empire.

Les vieux mirages d'or ont dissipé son deuil,
Et, dans les visions où son ennui s'échappe,
Soudain — gloire ou soleil — un rayon qui la frappe
Allume en elle tous les rubis de l'orgueil.

Mais, d'un sourire triste, elle apaise ces fièvres ;
Et, redoutant la foule aux tumultes de fer,
Elle écoute la vie — au loin — comme la mer...
Et le secret se fait plus profond sur ses lèvres.

Rien n'émeut d'un frisson l'eau pâle de ses yeux,
Où s'est assis l'esprit voilé des villes mortes ;
Et, par les salles où, sans bruit, tournent les portes,
Elle va s'enchantant de mots mystérieux.

L'eau vaine des jets d'eau là-bas tombe en cascade,
Et pâle à la croisée, une tulipe aux doigts,
Elle est là reflétée aux miroirs d'autrefois,
Ainsi qu'une galère oubliée en la rade.

Mon âme est une infante en robe de parade.

EPILOGUE (1)

par Georges Rodenbach (1855-1898)

C'est l'automne, la pluie et la mort de l'année !
La mort de la jeunesse et du seul noble effort
Auquel nous songerons à l'heure de la mort :
L'effort de se survivre en l'Œuvre terminée.

Mais c'est la fin de cet espoir, du grand espoir,
Et c'est la fin d'un rêve aussi vain que les autres:
Le nom du Dieu s'efface aux lèvres des apôtres,
Et le plus vigilant trahit avant le soir.

Guirlandes de la gloire, ah ! vaines, toujours vaines !
Mais c'est triste pourtant quand on avait rêvé
De ne pas trop périr et d'être un peu sauvé
Et de laisser de soi dans les barques humaines.

(1) Tiré du volume *Le Règne du Silence* (édition Charpentier 1891) et récité par Mlle Juliette FAGAZZI.

Las ! le rose de moi, je le sens défleurir.
Je le sens qui se fane et je sens qu'on le cueille !
Mon sang ne coule pas : on dirait qu'il s'effeuille...
Et, puisque la nuit vient, j'ai sommeil de mourir.

CHANT POUR PROMÉTHÉE (1)

par Emmanuel Signoret (1872-1900)

O père des clartés des arts et des présages !
Qui formas de doux sucs pour assoupir nos maux,
Un mont noir et frappé du choc des mers sauvages
A nourri de ton sang les vents et les oiseaux !

Toi qui vins à Lemnos ravir aux forges saintes,
Pour animer tes blocs sculptés dans les limons,
Des flammes que les vents de l'Olympe ont éteintes,
Surgis : la lyre éclate aux sommets de tes monts !

Sa voix d'Océanide a le frisson des ormes.
Ah ! pour ton cœur gonflé, le printemps fut trop peu:
Tu voulus devancer l'ordre éternel des formes
Et, pour murir les fruits, tu pris la foudre aux dieu.

Mais qu'aujourd'hui, ton corps desséché sur les cimes
Refleurisse ; descends de tes monts, il est temps ;
L'été brillant du monde a des moissons sublimes
Et des vins dont la force enivre les Titans !

(1) Tiré de la *Souffrance des Eaux* (édition de la *Plume*) et récité par M. Marcel OLIN.

Ton vautour succomba, sous les flèches d'Alcide.
Viens, le laurier fleurit, le ciel est sans courroux ;
Les dieux moins grands que toi sont morts :
                       l'Olympe est vide !
— Seuls Bacchus pampré d'or et l'œil toujours humide
Et Minerve aux yeux bleus t'attendent parmi nous !...

LE FLACON (1)

par Stanislas de Guaita (1861-1896)

Vieux flacon serti d'or, ma main religieuse
Fit tourner le bouton d'agate précieuse
        Dans ton col de cristal ;
Une plainte vibra languissante et voilée ;
On eût dit une voix de naguère, exhalée
        En un souffle vital.

Une odeur bien connue, et très subtile, et pleine
De souvenirs, jaillit, tiède comme une haleine
        De ceux qui ne sont plus,
Comme — aliment mystique à nos mélancolies —
Un posthume soupir de choses abolies
        Et de temps révolus.

(1) Stanislas de GUAITA : *Rosa mystica* (Lemerre, éditeur, 1885) et récité par Mlle B. REYNOLD.

CHANSON D'AMOUR (1)

par Jules Tellier (1863-1889)

Sur le radieux et sombre mystère,
Sur le grand secret plein d'ombre et de jour,
Les sages anciens qu'admire la Terre
N'en savaient pas tant qu'en sait mon amour.

Ceux qui méprisaient la vie et le monde,
Ayant trop sondé l'infini des cieux,
N'avaient pas connu la douceur profonde
Des beaux cheveux blonds et des grands yeux
　　　　　　　　　　　　　　　　　　[bleus.

Ceux qui bénissaient le monde et la vie,
Ayant trop goûté la paix des vallons,
N'avaient pas connu l'angoisse infinie
Qui sort des yeux bleus et des cheveux blonds

Ceux là savent seuls, et seuls pourraient dire
Le mot triste et doux du problème obscur,
Qu'on a vu pleurer, qu'on a vu sourire,
Pour des cheveux d'or et des yeux d'azur.

(1) Tiré de *Reliques* par Jules TELLIER (hors commerce)
1890, et récité par Mlle Berthe GÉDALGE.

A UNE MORTE (1)

par Gabriel Vicaire (1848-1900)

O toi qui m'as fait mal et tant de mal, toi blonde
Et rose et fraîche et si charmante, toi l'amour,
Apparition d'or dans le tomber du jour,
Evanouie, hélas ! sur la mer de ce monde.

Au parterre où mon cœur revient s'ensoleiller,
Tu m'apparais à l'heure où la brume se lève.
Mais vais-je sans pitié troubler ton dernier rêve ?
Puisque tu veux dormir, pourquoi te réveiller ?

Tu n'étais pas la femme enveloppante et douce
Qu'il m'aurait tant fallu trouver à mon déclin ;
Tes mains de pur orgueil n'ont pas filé le lin ;
Tu n'étais pas le nid qui chante sur la mousse.

Oui ; mais ta bouche rose et fraîche, et tes cheveux,
Tes cheveux envolés aux brises de l'aurore !
A ce lac transparent mon âme boit encore,
Et c'est toi que j'implore et c'est toi que je veux !

Ah ! tout de même ! Ah ! tout de même ! Que le monde
Raille et plaisante et se démène autour de nous !
Ne dois-je pas toujours rester à tes genoux,
Puisque tu fus jolie et puisque tu fus blonde ?

(1) Tiré du *Clos des Fées* (édition Lemerre 1898), et
récité par M. André HABAY.

LE SOIR LÉGER (1)

par Charles Guérin (1873-1907)

Le soir léger, avec sa brume claire et bleue,
Meurt comme un mot d'amour aux lèvres de l'été,
Comme l'humide et chaud sourire heureux des veuves
Qui rêvent dans leurs chairs d'anciennes voluptés.
La ville, pacifique et lointaine, s'est tue ;
Dans le jardin pensif où le silence éclôt,
Chantent encor, discrétement, des fraîcheurs d'eau
Qu'éparpille, affaibli, le vent tiède et nocturne ;
Des jupes font un bruit de feuilles sur le sable,
Les guêpes sur le mur bourdonnent à voix basse ;
Des roses que les doigts songeurs ont effeuillées
Répandent leur enamourante âme de miel ;
Une aube étrange et pâle erre aux confins du ciel,
Et mêle, en un profond charme immatériel,
De la lumière en fuite et de l'ombre étoilée.

Que me font les soleils à venir ! que me font
L'amour et l'or et la jeunesse et le génie !...
Laissez-moi m'endormir d'un doux sommeil, d'un long
Sommeil avec des mains de femme sur mon front :
Ah ! fermez la fenêtre ouverte sur la vie !

(1) Tiré de *Le Cœur solitaire,* Poésies (*Soci té du Mer-cure de France,* 1898), et récité par Mlle Berthe GÉDALGE.

PROLOGUE D'HALDERNABLOU [1]

par Alfred Jarry (1875-1907)

(Le chœur, dont la voix s'éloigne.)

Sur la plainte des mandragores
Et la pitié des passiflores
Le lombric blanc des enterrements rentre en ses
[tanières.

Le sérail des faces de sable,
Soumis au bois de nos sandales,
Luit de l'or de toutes ses croix à nos paupières.

Le cuivre roux des feuilles mortes
Et la force des vieilles écorces
Sonne et bénit le glas très doux de nos retraites.

Rentrons : le jour bientôt se lève.
La cendre de la nuit achève
De fuir avec le sang coulant des sabliers.

Les cœurs perdent leur sang qui coule.
Le cerf-volant de nos cagoules
Suspend son spectre au lointain comme des masques
[jaunes d'effraies.

(1) Extrait *Des Minutes de Sable mémorial* (Mercure de France, 1891), et récité par M. Marcel OLIN.

Que le mort dorme avant l'aurore,
Que le mort dorme avant le premier pleur de la
[lumière.
Sur la plainte des mandragores
Et la piété des passiflores,
Le lombric blanc des enterrements rentre en ses
[tanières.

LE SECRÉTAIRE EN BOIS DE ROSE (1)

par Albert Thomas (1873-1907)

Tu ne m'as jamais dit : « Mon amour, mon trésor,
Mon bonheur » ou « Ma vie », et cela me tourmente.
Jamais un des ces mots dont une mère endort
Le frêle enfant caché dans les plis de sa mante,
Et qu'au front de l'amant grave et triste, l'amante
Se complaît à verser comme une essence d'or
Les mots, les mots, les mots, c'est le plus sûr dictame
Pour panser et guérir les blessures d'une âme,
Pour lui donner le calme avec le réconfort.
Lorsque tu blottissais au creux de ma poitrine
Ta faiblesse parfois frissonnante et chagrine,
J'ai si souvent, parmi l'or roux de tes cheveux,
Répandu les parfums des mots mystérieux ;
Pourquoi ne pas vouloir contenter mon envie
De sentir sur ma lassitude, quelque soir,
Ces mots comme une averse odorante pleuvoir :
« Mon amour, mon trésor, mon bonheur et ma joie ! »

(1) Tiré de *Le Poème du Désir et du Regret* (E. Sansot
et Cie, 1908) et récité par Mlle Berthe GÉDALGE.

Fragment de la CHANSON D'EVE (1)

par Charles Van Lerberghe (1861-1907)

L'aube blanche dit à mon rêve :
« Eveille-toi, le soleil luit. »
Mon âme écoute, et je soulève
Un peu mes paupières vers lui.

Un rayon de lumière touche
La pâle fleur de mes yeux bleus ;
Une flamme éveille ma bouche,
Un souffle éveille mes cheveux.

Et mon âme comme une rose
Tremblante, lente, tout le jour,
S'éveille à la beauté des choses,
Comme mon cœur à leur amour.

Il n'est rien qui ne m'émerveille !
Et je dis en mon rire d'or :
« Je suis une enfant qui s'éveille
Jusqu'au moment où Dieu l'endort ».

(1) Tiré de la *Chanson d'Eve* (*Société du Mercure de France*), et récité par M Marcel OLIN.

*Ici, j'aurais voulu vous retracer les belles exis-
tences des Maîtres dont vous allez entendre les
œuvres; mais je ne veux point vous accabler
d'ennui, et d'ailleurs faisons trêve aux sinistres
rappels des temps homicides. Souhaitons-le de
toute âme, pour la vie des nouveaux poètes, que
jamais ne reviennent de telles années ; car
elles exténueraient jusqu'au tréfonds cette Nation, déjà suffisamment épuisée par ses ingrati-
tudes.*

*« Maintenant qu'il devient très démodé », dit-on
avec certain sourire, « de rêver d'amour et de liberté! »
— comme si les vraies consciences s'habillaient à
la mode ! — « maintenant qu'il apparaît supérieur,
à tous points de vue, de se tenir de l'autre côté
de la barricade, maintenant qu'on nous a saboté
toutes nos illusions, soit, puisque l'arrivisme
sonne son heure et que nul ne veut davantage
jouer les magnanimes et les dupes ; à bas nos
rêves ! la courtoisie n'est plus de mise, ni le senti-
timent ! L'avenir se présente à qui le prendra
coûte que coûte ! Soyons Apaches !... » Ah oui !
et laissez-moi vous prédire, sans m'indigner, mais
avec quelque tristesse; que s'il y a d'anciens fiers
qui mendient l'argent sur leurs vieux jours,*

que s'il est d'impénitents négateurs qui appellent Dieu à leur dernier chevet, j'ai bien peur de voir le Symbolisme aboutir à cet agonisant cimetière d'immortels : l'Académie.

Aussi, pour nous fortifier contre l'écœurement des ruses et des infamies prochaines, écoutons pieusement chanter les grandes voix d'outre-tombe.

Ici nous voulions transcrire le fameux sonnet de Charles Baudelaire (1821-1867) *intitulé "Correspondances" (1), ce sonnet nous semblant le vrai poème de départ de la Poésie symboliste.*

N'ayant pu obtenir l'autorisation de le reproduire, nous laissons à nos lecteurs le soin de rétablir de mémoire cette pièce si célèbre qu'on aurait vraiment pu la croire virtuellement du domaine public.

(1).......Bien que Charles Baudelaire, Gérard de Nerval et Alfred de Vigny ne puissent figurer parmi les Maîtres que nous eûmes le fortifiant honneur d'approcher vivants, nous croyons devoir suprêmement élire à sa régnante place cette Trinité de Héros dont la radieuse influence plane, si évidente, au-dessus de l'époque Symboliste. Leurs œuvres si nobles et leurs vies si différemment douloureuses et désintéressées les imposent et désignent à notre filiale pitié. (P.-N. R.)

LE CHRIST AUX OLIVIERS (1)

FRAGMENT

par Gérard de Nerval (1808-1855)

Il reprit : « Tout est mort ! J'ai parcouru les mondes,
Et j'ai perdu mon vol dans leurs chemins lactés,
Aussi loin que la vie, en ses veines fécondes,
Répand des sables d'or et des flots argentés.

« Partout, le sol désert côtoyé par les ondes,
Des tourbillons confus d'océans agités...
Un souffle vague émeut les sphères vagabondes,
Mais nul esprit n'existe en ces immensités.

« En cherchant l'œil de Dieu, je n'ai vu qu'une orbite
Vaste, noire et sans fond, d'où la nuit qui l'habite
Rayonne sur le monde et s'épaissit toujours ;

« Un arc-en-ciel étrange éclaire ce puits sombre,
Seuil de l'ancien chaos dont le néant est l'ombre,
Spirale engloutissant les mondes et les jours.

(1) Tiré de l'édition Louis Michaud et récité par Mlle B.
REYNOLD.

LA COLÈRE DE SAMSON (1)

FRAGMENT

par Alfred de Vigny (1797-1863)

.   .   .   .

« Une lutte éternelle, en tout temps, en tout lieu,
Se livre sur la terre, en présence de Dieu,
Entre la bonté d'Homme et la ruse de Femme,
Car la femme est un être impur, de corps et d'âme.

« L'Homme a toujours besoin de caresse et d'amour ;
Sa mère l'en abreuve alors qu'il vient au jour,
Et ce bras le premier l'engourdit, le balance,
Et lui donne un désir d'amour et d'indolence.
Troublé dans l'action, troublé dans le dessein,
Il rêvera partout à la chaleur du sein,
Aux chansons de la nuit, aux baisers de l'aurore,
A la lèvre de feu que sa lèvre dévore,
Aux cheveux dénoués qui roulent sur son front,
Et les regrets du lit, en marchant, le suivront.
Il ira dans la ville, et, là, les vierges folles
Le prendront dans leurs lacs, aux premières paroles ;
Plus fort il sera né, mieux il sera vaincu,
Car plus le fleuve est grand, et plus il est ému.

(1) Tiré des *Œuvres complètes* (édition Ch. Delagrave), et
récité par Marcel OLIN.

2 *

Quand le combat que Dieu fit pour la créature
Et contre son semblable et contre la nature
Force l'Homme à chercher un sein où reposer,
Quand ses yeux sont en pleurs, il lui faut un baiser.
Mais il n'a pas encor fini toute sa tâche :
Vient un autre combat plus secret, traître et lâche ;
Sous son bras, sur son cœur se livre celui-là ;
Et, plus ou moins, la Femme est toujours *Dalila*.

« Elle rit et triomphe ; en sa froideur savante,
Au milieu de ses sœurs, elle attend et se vante
De ne rien éprouver des atteintes du feu.
A sa plus belle amie, elle en a fait l'aveu ;
Elle se fait aimer sans aimer elle-même ;
Un maître lui fait peur. C'est le plaisir qu'elle aime ;
L'Homme est rude et le prend sans savoir le donner.
Un sacrifice illustre et fait pour étonner
Rehausse mieux que l'or, aux yeux de ses pareilles,
La beauté qui produit tant d'étranges merveilles,
Et d'un sang précieux sait arroser ses pas.
— Donc, ce que j'ai voulu, Seigneur, n'existe pas ! —
Celle à qui va l'amour et de qui vient la vie,
Celle-là, par orgueil, se fait notre ennemie.
La Femme est, à présent, pire que dans les temps
Où, voyant les humains, Dieu dit : « Je me repens ! »
Bientôt se retirant dans un hideux royaume,
La Femme aura Gomorrhe et l'Homme aura Sodome ;
Et, se jetant, de loin, un regard irrité,
Les deux sexes mourront chacun de son côté....

. . . .

LE VOYAGEUR (1)

FRAGMENTS

par Jules Barbey d'Aurévilly (1808-1889)

« Oh ! pourquoi voyager ? » as-tu dit. C'est que l'âme
Se prend de longs ennuis et partout et toujours ;
C'est qu'il est un désir ardent comme une flamme
Qui, nos amours éteints, survit à nos amours !
C'est qu'on est mal ici ; — comme les hirondelles,
Un vague instinct d'aller nous dévore à mourir.
C'est qu'à nos cœurs, mon Dieu! vous avez mis des ailes.
  Voilà pourquoi je veux partir !

. . . .

. . . .

Pourquoi ne pouvoir suffire à ma pensée ?
Et tes yeux n'être plus que mes seuls horizons ?
Pourquoi ne pas cacher ma tête reposée
Sous les abris d'or pur de tes longs cheveux blonds ?
Comme la jeune épouse endormie à l'aurore,
La fleur d'amour, comme elle, au soir va se rouvrir...
Mais, si l'amour n'est plus, pourquoi de l'âme encore?
  Voilà pourquoi je veux partir !

Tu ne la connais pas, cette vie ennuyée,
Lasse de pendre au mât, avide d'ouragan ;
Toi, tu restes toujours sur ton coude appuyée,
A voir stagner la tienne ainsi qu'un bel étang.

(1) Tiré d'une édition d'un poème qui ne comportait que 36
exemplaires, publié en 1854, et récité par M. Louis BOURNY.

Restes-y ; — mon amour fut l'ombre d'un nuage
Sur l'étang, — le soleil y reviendra frémir !...
Tu ne garderas pas la trace de mon passage...
      Voilà pourquoi je veux partir !

. . . .

Mais, si c'est t'offenser que partir, oh ! pardonne:
Quoique de ces douleurs dont tu n'eus point ta part,
Rien, hélas ! (et pourtant autrefois tu fus bonne),
Ne saurait racheter le crime du départ.
Pourquoi t'associerais-je à mon triste voyage ?
Lorsque tu le pourrais, oserais-tu venir ?
Plus sombre que Lara, je n'aurai point de page...
      Voilà pourquoi je veux partir !

. . . .

....Il est, tu le sais, ô femme abandonnée,
Un voyageur plus vieux, plus sans pitié que moi,
Et ce n'est pas un jour, quelques mois, une année,
Mais c'est tout qu'il doit prendre, aux autres comme à
Tels que des épis d'or sciés d'une main avide, [toi !
Il prend beauté, bonheur, et jusqu'au souvenir,
Fait sa gerbe, et s'en va du champ qu'il laisse aride...
      Voilà pourquoi je veux partir !

Oui, partir avant lui, partir avant qu'il vienne !
Te laisser belle encor sous tes pleurs répandus,
Ne pas chercher ta main qui froidit dans la mienne,
Et sous un front terni, tes yeux, astres perdus !
N'eût-on que le respect de celle qui fut belle,
Il faudrait s'épargner de la voir se flétrir,
Puisque Dieu ne veut pas qu'elle soit immortelle !
      Voilà pourquoi je veux partir !

HIDALGO (1)

par Tristan Corbière (1845-1875)

Ils sont fiers ceux-là !... comme poux sur la gale !
C'est à la Don Juan qu'ils vous font votre malle.
Ils ne sentent pas bon, mais ils fleurent le preux :
Valeureux vauriens, crétins chevalereux !
Prenant sans demander — toujours suant la race, —
Et demandant un sol, — mais toujours plein de grâce..

Là, j'ai fait le croquis d'un mendiant à cheval :
— Le Cid... un cid par un *été* de carnaval :

_____

(1) Tiré des *Amours Jaunes* (édition Vanier), récité par M.
DAMORÈS.

......Et le matelot conta la vie du solitaire « que l'art n'a
pas connu, qui n'a pas connu l'art », ses haltes à Paris, inter-
rompant la libre vie à bord du *Redan* — nom que le capri-
cieux propriétaire avait écrit *Nader* à l'arrière du yacht, —
les manœuvres follement audacieuses de Corbière, timonier
gouvernant droit sur la tempête

Corsaire breton qui crocha dans les cordes de la Lyre,
avec la sauvagerie héritée de la mer et du sol granitique,
Tristan Corbière passe sur les vagues des littératures
comme à bord de son *Redan*, isolé et dédaigneux.

Inimitable individualité, d'où s'élance la clameur sainte
de beauté des pèlerins de Sainte-Anne-de-la-Palud, et d'où
l'on entend l'ironique grelot tintant si souvent aux poitrines
qui ont intimement souffert.

(Portraits du prochain siècle.) Victor-Emile MICHELET.

— Je cheminais — à pied — traînant une compagne ;
Le soleil craquelait la route en blanc d'Espagne ;
Et le *Cid* fut sur nous en un temps de galop...
Là, me pressant entre le mur et le garrot :
— Ah ! Seigneur *Cavalier*, d'honneur ! sur ma parole !
Je mendie à genoux : un oignon... une obole ?... —
Et son cheval paissait mon col). — Pauvre animal,
Il vous aime déjà ! Ne prenez pas à mal...
— Au large ! — Oh ! mais : au moins votre bout de
[cigare,
La Vierge vous le rendra. — Allons, au large ! ou :
[gare !...
Son pied nu prenait ma poche en étrier.)
— Pitié pour un infirme, ô seigneur cavalier.
— Tiens donc un sou... — Senor, que jamais je n'ou-
Votre Grâce ! Pardon, je vous ai retardé...   [blie.
Senora : Merci, toi ! pour être si jolie....
Ma Jolie et : Merci pour m'avoir regardé !

VERS POSTHUMES (1)

par Villiers de l'Isle-Adam (1838-1889)

Je m'envolerai dans les profondeurs,
Je fuirai la vie et ses lois moroses !
Et je cueillerai d'immortelles roses
    Loin de vos hideurs.

(1) Publié par la *Revue d'aujourd'hui* (1890), et récité par
Mlle Blanche ALBANE.
Comme Chateaubriand (tous deux rameaux de l'arbre

Je m'élancerai vers vous, ô Silences !
L'oubli loin d'ici m'attend, vaste mer.
Pour mon cœur percé de vieux coups de lances,
    Plus rien n'est amer.

normanno-celtique), Villiers de l'Isle-Adam fut de son temps
autant que peut et doit l'être un homme supérieur ; quelle
ridicule aberration de croire représentatif d'un siècle ancien
l'auteur de l'*Eve future* ! Contemporain de l'orgueil scienti-
fique, il fut le Gœthe de la magie rationnelle, et peut-être
eût-il voulu en être le Faust. Mais il y avait en son génie, plusieurs génies : Swift n'est pas plus amer, ni Hoffmann plus fantastique, ni Poë plus désespérément logique : les *Demoiselles de
Bienfilâtre, l'Intersigne, la Torture par l'Espérance,* et la diver-
sité de toute son œuvre fragmentaire, enfin *Tribulat Bonhomet,*
— que la fatigue de vivre l'empêcha de parachever, — où
vinrent converger, pour en faire la création sans doute la
plus originale du siècle, tous les dons de l'ironiste, du
rêveur et du philosophe. Un seul autre livre lui est comparable
malgré (tous deux en ont) des inégalités, le *Stello* d'Alfred
de Vigny. A côté de ce Villiers, déjà si multiple, lorsqu'on
l'analyse, il y en avait un autre, tout différent, le romantique,
dont *Akédisséryl* et *Axel* disent la grandeur.

Villiers de l'Isle-Adam (que la critique officielle nie et que
M. Brunetière ignore) demeurera l'un des premiers écrivains
du XIXe, et peut-être le premier de la période qui va de la
mort de Beaudelaire aux années où nous avons connu,
Ibsen.

Quant à sa vie, si elle fut douloureuse (surtout extérieu-
rement, — car Villiers possédait d'inépuisables trésors de
consolations imaginatives), il le dut un peu à sa nature
inquiète, beaucoup à l'hostilité de ses contemporains.
Son génie faisait peur : il fut écarté des fructueuses entre-
prises parnassiennes. Mais la part que ses frères lui dénniè-
rent, ses fils la lui ont rendue — en gloire.

(Portraits du prochain siècle.) Remy DE GOURMONT.

Je m'envolerai, moi, l'oiseau sauvage,
Vers tant de pays ignorés de tous,
Car l'indifférence est le seul hommage
Dont je suis jaloux.

ENCORE UN LIVRE (1)

par Jules Laforgue (1860-1887)

Encore un livre : ô nostalgies,
Loin de ces très goujates gens,
Loin des saluts et des argents
Loin de nos phraséologies !

(1) Tiré des *Poésies complètes* : L'Imitation de Notre-Dame
la Lune (édition Vanier 1894) et récité par M. DULLIN.

Les jeunes filles, — les modernes ou, modernes encore,
celles qu'il transpose dans la Jérusalem d'Hérode, le Dane-
mark de Hamlet, la Grèce antique, — les jeunes filles, il est
proprement leur paranymphe. Disponible et expectatif, ce
Ham troupeau, — mais plus disponible encore, le chanteur de
complaintes. A travers la vie quotidienne, tantôt il quémande
des regards, s'émeut au flottement d'un ruban, à l'éclair
d'un chaton, et tantôt, dépité, baguenaude farceusement,
termine des invocations par des turlututus, dépêche des
offrandes propitiatoires vers l'inconscient, mais toujours son
cœur, ayant ainsi déclamé, revient à sa complainte : aimer,
être aimé. Que la femme soit, enfin, le frère de l'homme et
non plus un être à part, une bestiole à chignon : ce vœu,
représenté par des tons alternatifs de fine angoisse et d'im-
pertinence, circule dans une œuvre belle de toute la richesse
vierge et sacrée d'un être humain. Et la mort ne fut point
prématurée, mais plutôt longanime, qui interrompit cette
œuvre héroïque et charmante ; car Jules Laforgue, quand il

Encore un de mes pierrots morts ;
Mort d'un chronique orphelinisme ;
C'était un cœur plein de dandysme
Lunaire en un drôle de corps.

Les dieux s'en vont ; plus que des hures ;
Ah ! ça devient tous les jours pis ;
J'ai fait mon temps, je déguerpis
Vers l'Inclusive Sinécure.

COMPLAINTE SUR CERTAINS ENNUIS (1)

Un couchant des cosmogonies !
Ah ! que la vie est quotidienne...
Et, du plus vrai qu'on s'en souvienne,
Comme on fut piètre et sans génie...

On voudrait s'avouer des choses
Dont on s'étonnerait en route,
Qui feraient une fois pour toutes !
Qu'on s'entendrait à travers poses.

mourut (après six mois de mariage avec la frêle miss **Lee**) **à**
vingt sept ans, le 20 août 1887, avait écrit : *Les Complaintes,*
L'Imitation de Notre-Dame la Lune, Le Concile féerique, Mora-
lités légendaires, Des fleurs de bonne volonté et tels poèmes **der-**
niers libres et de toute contrainte prosodique et merveil**leux**
d'automne.

(Portraits du prochain siècle). Félix FÉNÉON.

(1) Tiré des *Poésies complètes* et récité par M. DULLIN.

2 **

On voudrait saigner le silence,
Secouer l'exil des causeries ;
Eh non ! ces dames sont aigries
Par des questions de préséance.

Elles boudent là, l'air capable.
Et, sous le ciel, plus d'un s'explique
Par quel gâchis suresthétique
Ces êtres-là sont adorables.

Justement une nous appelle
Pour l'aider à chercher sa bague,
Perdue, (où ? dans ce terrain vague ?)
Un souvenir D'AMOUR, dit-elle !
Ces êtres-là sont adorables !

LES EFFARÉS (1)

par Arthur Rimbaud (1854-1891)

Noirs dans la neige et dans la brume,
Au grand soupirail qui s'allume,
    Leurs culs en rond,

A genoux, cinq petits — misère ! —
Regardent le boulanger faire
    Le lourd pain blond.

(1) Tiré des œuvres de Jean-Arthur RIMBAUD, édition du *Mercure de France* (1898) et récité par Mlle Juliette FAGAZZI.

Ils voient le fort bras blanc qui tourne
La pâte grise, et qui l'enfourne
    Dans un trou clair ;

Ils écoutent le bon pain cuire.
Le boulanger au gras sourire
    Chante un vieil air.

Ils sont blottis, pas un ne bouge,
Au souffle du soupirail rouge,
    Chaud comme un sein ;

Et quand, tandis que minuit sonne,
Façonné, pétillant et jaune,
    On sort le pain,

Quand, sous les poutres enfumées,
Chantent les croûtes parfumées
    Et les grillons,

Que ce trou chaud souffle la vie,
Ils ont leur âme si ravie
    Sous leurs haillons.

Ils se ressentent si bien vivre,
Les pauvres petits pleins de givre,
    Qu'ils sont là tous,

Collant leurs petits museaux roses
Au grillage, chantant des choses
    Entre les trous,

Mais bien bas — comme une prière,
Repliés vers cette lumière
    Du ciel ouvert,

Si fort qu'ils crèvent leur culotte
Et que leur chemise tremblote
    Au vent d'hiver.

LE DORMEUR DU VAL (1)

C'est un trou de verdure où chante une rivière.
Accrochant follement aux herbes des haillons
D'argent, où le soleil, de la montagne fière
Luit. C'est un petit val qui mousse de rayons.

Un soldat jeune, bouche ouverte, tête nue
Et la nuque baignant dans le frais cresson bleu,
Dort ; il est étendu dans l'herbe sous la nue,
Pâle dans son lit vert où la lumière pleut.

(2) Ecrit en 1871, tiré de l'édition de la *Société du Mercure de France*, 1898, et récité par M. André HABAY.

De toute l'œuvre en vers de Rimbaud, œuvre dont je me « réjouis », dans la tristesse de la mort précoce de cet unique poète, d'avoir inauguré en quelque sorte la gloire, — je crois qu'on peut avec moi préférer le *Bateau-Ivre*.

Et n'est-il pas prophétique, hélas! en outre, ce chef-d'œuvre en dehors de toute littérature, au-dessus peut-être comme a si bien prononcé Félix Fénéon parlant de l'œuvre entier, qui, comme un bateau, lui prête des élans, des appétences vers les aventures loin du connu, et pronostique vingt ans d'avance la fin, dirai-je héroïque ? en tout cas, noble et fière, de ce poète s'isolant d'une notoriété si méritée, renon-

Les pieds dans les glaïeuls, il dort, souriant comme
Sourirait un enfant malade, il fait un somme.
Nature, berce le chaudement ; il a froid.

Les parfums ne font pas frissonner sa narine ;
Il dort dans le soleil, la main sur la poitrine
Tranquille. Il a deux trous rouges au côté droit.

CHANSON DE LA PLUS HAUTE TOUR (1)

Oisive jeunesse
A tout asservie,
Par délicatesse,
J'ai perdu ma vie.
Ah ! que le temps vienne
Où les cœurs s'éprennent !

Je me suis dit : Laisse,
Et qu'on ne te voie !
Et sans la promesse
De plus hautes joies,

çant aux caresses des admirations d'élite, pour suivre,
pour vivre son rêve de nouveau, de pire et de mieux, par
le monde, à travers les choses et les gens avidement vus,
comme dévorés, pour lui seul le hautain poète assoiffé,
affamé, ivre, repu, inassouvi de vraie dignité, libre à souhait, toujours en avant — mourant *dans sa volonté faite ?*

Paul VERLAINE.

(1) Récité par M. DULLIN.

Que rien ne t'arrête,
Auguste retraite.

O mille veuvages
De la si pauvre âme,
Qui n'a que l'image
De la Notre-Dame !
Est-ce que l'on prie
La Vierge Marie ?

J'ai tant fait patience
Qu'à jamais j'oublie.
Craintes et souffrances
Aux cieux sont parties,
Et la soif malsaine
Obscurcit mes veines.

Ainsi la prairie
A l'oubli livrée,
Grandie et fleurie
D'encens et d'ivraies ;
Au bourdon farouche
De cent sales mouches.

Oisive jeunesse
A tout asservie,
Par délicatesse
J'ai perdu ma vie.
Ah ! que le temps vienne
Où les cœurs s'éprennent !

LES INGÉNUS (1)

par Paul Verlaine (1844-1896)

Les hauts talons luttaient avec les longues jupes,
En sorte que, selon le terrain et le vent,
Parfois luisaient des bas de jambes trop souvent
Interceptés et nous aimions ce jeu de dupes.

Parfois aussi, le dard d'un insecte jaloux
Inquiétait le col des belles sous les branches,
Et c'étaient des éclairs soudains de nuques blanches,
Et ce régal comblait nos jeunes yeux de fous.

Le soir tombait, un soir équivoque d'automne ;
Les belles se pendant rêveuses à nos bras,
Dirent alors des mots si spécieux tout bas,
Que notre âme depuis ce temps tremble et s'étonne.

(1) Tiré des *Fêtes galantes* (édition Lemerre 1869), et récité par Mlle Berthe GÉDALGE.
    Une nuit, au commencement de l'été, j'errais dans Paris. Et quelle joie pieuse et lyrique me transporta ! je vis le ciel s'entr'ouvrir. Un nouveau bienheureux s'extasiait auprès de saint Benoît Labre. Son nom me fut révélé, car je ne reconnaissais pas Verlaine, si transfiguré qu'il ne ressemblait plus à aucun de ses portraits.
    O poète, que vous êtes bien dans le paradis ! *Sagesse*, livre céleste, a été trouvé plus lourd que vos péchés et les

C'EST LA FÊTE DU BLÉ (1)

C'est la fête du blé, c'est la fête du pain,
Aux chers lieux d'autrefois revus après ces choses !
Tout bruit, la nature et l'homme dans un bain
De lumière si blanc que les ombres sont roses.

L'or des pailles s'effondre au vol siffleur des faux,
Dont l'éclair plonge, et va luire, et se réverbère.
La plaine, tout au loin couverte de travaux,
Change de face à chaque instant, gaie et sévère.

Tout halète, tout n'est qu'effort et mouvement
Sous le soleil tranquille, auteur des moissons mûres,
Et qui travaille encore imperturbablement
A gonfler, à sucrer là-bas les grappes sures.

péchés du siècle contre vous. Dans la troupe des confesseurs vous *sanglotiez d'extase* en murmurant des litanies inouïes et des cantiques nuancés et mélodieux comme vos vers français.

Puis, du ciel refermé et soudain assombri, vos larmes, Verlaine, *pleurèrent sur la ville et dans mon pauvre cœur.* Et cela se passait avec la même tristesse tendre que l'on trouve dans vos poèmes, ô poète contrit qui connaissez aujourd'hui l'allégresse éternelle et la béatitude infinie.

Guillaume APOLLINAIRE.

(1) Tiré de *Sagesse* (édition Vanier 1889) et récité par M. DULLIN.

Travaille vieux soleil pour le pain et le vin,
Nourris l'homme du lait de la terre, et lui donne
L'honnête verre où rit un peu d'oubli divin.
Moissonneurs, vendangeurs là-bas ! votre heure est
                                        [bonne.

Car,sur la fleur des pains et sur la fleur des vins,
Fruit de la force humaine en tous lieux répartie,
Dieu moissonne et vendange, et dispose à ses fins
La Chair et le Sang pour le calice et l'hostie.

ÉVENTAIL DE Mademoiselle MALLARMÉ (1)

par Stéphane Mallarmé (1842-1898)

O rêveuse, pour que je plonge
Au pur délice sans chemin,
Sache, par un subtil mensonge,
Garder mon aile dans ta main.

Une fraîcheur de crépuscule
Te vient à chaque battement
Dont le coup prisonnier recule
L'horizon délicatement.

(1) Tiré de l'édition Deman, et récité par Mlle Blanche
ALBANE.

Vertige ! voici que je frissonne !
L'espace comme un grand baiser
Qui, fou de naître pour personne,
Ne peut jaillir ni s'apaiser.

Sens-tu le paradis farouche,
Ainsi qu'un rire enseveli,
Se couler du coin de ta bouche
Au fond de l'unanime pli !

Le sceptre des rivages roses
Stagnants sur les soirs d'or, ce l'est,
Ce blanc vol fermé que tu poses
Contre le feu d'un bracelet.

FRAGMENT D'HÉRODIADE (1)

HÉRODIADE

Oui, c'est pour moi, pour moi, que je fleuris, déserte,
Vous le savez, jardins d'améthyste, enfouis
Sans fin dans de savants abîmes éblouis,
Ors ignorés, gardant votre antique lumière
Sous le sombre sommeil d'une terre première,
Vous, pierres où mes yeux comme de purs bijoux

(1) Tiré de l'édition Deman, et récité par Mlles B. Reynold et Juliette Fagazzi.

Empruntent leur clarté mélodieuse, et vous
Métaux qui donnez à ma jeune chevelure
Une splendeur fatale et sa massive allure !
Quant à toi, femme née en des siècles malins
Pour la méchanceté des antres sibyllins,
Qui parles d'un mortel ! selon qui, des calices
De mes robes, arome aux farouches délices,
Sortirait le frisson blanc de ma nudité,
Prophétise que, si le tiède azur d'été,
Vers lui nativement la femme se dévoile,
Me voit dans ma pudeur grelottante d'étoile,
Je meurs !

        J'aime l'horreur d'être vierge, et je veux
Vivre parmi l'effroi que me font mes cheveux
Pour, le soir, retirée en couche, reptile
Inviolé, sentir en la chair inutile
Le froid scintillement de ta pâle clarté
Toi qui te meurs, toi qui brûles de chasteté,
Nuit blanche de glaçons et de neige cruelle !

Et ta sœur solitaire, ô ma sœur éternelle,
Mon rêve montera vers toi, telle déjà,
Rare limpidité d'un cœur qui le songea,
Je me crois seule en ma monotone patrie,
Et tout autour de moi, vit dans l'idolâtrie
D'un miroir qui reflète en son calme dormant...
Hérodiade au clair regard de diamant...
O charme dernier, oui ! je le sens, je suis seule.

LA NOURRICE

Madame, allez-vous donc mourir ?

HÉRODIADE

          Non, pauvre aïeule,
Sois calme et, t'éloignant, pardonne à ce cœur dur ;
Mais avant, si tu veux, clos les volets : l'azur
Séraphique sourit dans les vitres profondes,
Et je déteste, moi, le bel azur !
                        Des ondes
Se bercent et, là-bas, sais-tu pas un pays
Où le sinistre ciel ait les regards haïs
De Vénus qui, le soir, brûle dans le feuillage ?
J'y partirais.

          Allume encore, enfantillage,
Dis-tu, ces flambeaux où la cire au feu léger
Pleure parmi l'or vain quelque pleur étranger
Et....

LA NOURRICE

Maintenant ?

HÉRODIADE

     Adieu.
             Vous mentez, o fleur nue
De mes lèvres !
          J'attends une chose inconnue,
Ou peut-être, ignorant le mystère et vos cris,
Jetez-vous les sanglots suprêmes et meurtris
D'une enfance sentant parmi les rêveries
Se séparer enfin ses froides pierreries.

Pour terminer, permettez-moi de vous lire quelques-unes des nobles phrases qu'écrivait récemment le poète Edouard Dujardin dans le Mercure de France *:*

« *Les maîtres magnifiques et vénérés qui nous instruisirent, les Mallarmé surtout, eurent-ils, comme certains l'ont cru, une influence pernicieuse sur leurs disciples en les jetant dans un chemin de subtilités où ils devaient se perdre ? La plus grave erreur des symbolistes fut, en effet, d'oublier à plaisir que le premier problème de l'œuvre d'art est d'aboutir à l'évidence, et qu'une œuvre obscure (ou, pour mieux dire, demeurée obscure), est une œuvre non réalisée. Mais c'était à eux, les jeunes, de se dégager, et beaucoup le firent ; et tels dont les écrits, il y a vingt ans, semblaient des rébus ont reconquis maintenant la belle langue lumineuse de nos traditions. . . .*

. . . .

« *La puissance manqua plutôt aux plus fins comme aux plus ardents de ces poètes, de ces romanciers, de ces artistes pour que quelque chose de tout à fait grand se produisît comme la résultante de tant de forces mises en mouvement.*

Au-dessus de notre jeunesse, nous n'eûmes que Mallarmé, l'esprit le plus haut, le cœur le plus noble, le visage le plus souriant, la main la plus paternelle que nul ait pu rêver, « sagesse égale bonté », *l'homme que quelques-uns d'entre nous aimèrent plus qu'aucun autre homme et qui partit subitement en un jour de détresse inoubliable*

. . . .

3

« Ceux qui, il y a vingt-cinq ans, il y a quinze ans, ont pensé faire le chef-d'œuvre, puisque ç'a été la noblesse de beaucoup parmi cette génération d'avoir rêvé ce rêve, ressentiraient, pour peu que la vie n'ait pas étouffé en eux leurs bonnes volontés primitives, une joie intime et profonde à voir l'un d'eux réaliser l'espérance qu'ils n'auront pu réaliser eux-mêmes. Et cette acceptation joyeuse serait la consolation, mieux encore, la récompense de ceux qui ont voulu le mieux et qui sont restés en chemin ».

Oui, Mesdames, oui, Messieurs, ajouterai-je, Mallarmé fut le maître, vraiment le Maître.

Jamais olympien, toujours simple et d'émouvant accueil, il demeurait l'homme doux et accessible qui enchaîne par la voix, la dignité et le sourire. Quelques encouragements de lui nous ravissaient hors tous les désespoirs et loin des pires misères. Sa chère et confortante parole versait sur nous comme un peu de sa gloire, et l'on s'en allait de lui, à regret, les yeux en larmes, mais la volonté retrempée. Ah ! la bonne et la belle incarnation d'humanité ! Vers sa discrète lumière toute mystérieuse, invinciblement attiré, on venait comme on suit un ineffable rêve, à cette heure imprécise, où la candeur de l'aube reste encore éclairée des mourantes étoiles.

Salon des Artistes indépendants

Deuxième Entretien (11 avril 1908)

Les Survivants

par

Victor-Émile Michelet

LES SURVIVANTS

MESDAMES,
MESSIEURS,

Mon ami Roinard vous a présenté, samedi dernier, un large et poignant tableau de tout un mouvement de l'esprit poétique de la France. La sombre ardeur de sa parole vous en a évoqué les enthousiasmes et les misères. L'aventure du vaisseau des Argonautes se renouvelle dans tous les temps. Le jour où il n'y aurait plus de Héros pour marcher à la conquête de la Toison, pour marcher, par la voie de la peine et de la faute, vers l'Espoir merveilleux, ce jour-là, le monde cesserait de vivre. Les Temps héroïques sont créés par les Héros. Ils pourraient l'être par un seul. Ceci est une gloire pour ce temps-ci : quand l'esprit de la France, assommé par le coup de massue de 1870, semblait prêt à s'ensevelir dans la boue démocratique, quand il allait s'abandonner à une littérature très vile comme le naturalisme, à une prétendue science infatuée et dérisoire, à des concepts de médiocrité et de bassesse, alors se leva toute une phalange de jeunes hommes qui, au prix de rudes efforts, força cet esprit de la France à se tourner vers de plus vastes, vers de plus lumineux horizons.

Je dois parler ici des survivants d'un élan qui
se dessina il y a une vingtaine d'années. Mais,
qu'est-ce que survivre ? Est-ce vivre encore, réellement, puissamment, de toute sa plus forte ardeur conservée en dépit des ans, de toute sa plus
forte ardeur multipliée par eux, ou bien être
vivant en apparence, être mort en réalité?
Ceci est une des plus pénibles constatations
qu'offre le spectacle quotidien de la vie : la plupart
des hommes de ma génération me semblent des
morts. J'en rencontre quelquefois qui me donnent
cette très mélancolique impression. Je vois leur
corps debout ; mais leur âme est morte. Ils me
parlent ; mais leur voix n'a plus d'écho dans les
antres profonds de la vie. Ils ont perdu ce que
le poète latin nomme les causes de vivre. Ils sont
décapités des trois grandes vertus : de leur foi, de
leur espoir, de leur amour. Ils n'entendent plus la
voix qui chantait et qui enchantait leur jeunesse ;
et, au seuil de la maturité, ils ne s'intéressent plus
à ce qui leur paraît nouveau. Toute audace neuve,
tout élan imprévu les choque ou, pis encore, les
laisse indifférents. Quand un homme a perdu sa
faculté d'enthousiasme, sa puissance d'aimer ou de
haïr, il peut avoir conservé les apparences de la
vie : il est mort. Nous vivons par une perpétuelle
renaissance de notre ingénuité, par un perpétuel
rajeunissement de nos sources vitales.

Rajeunir, c'est trouver le secret de soi-même ;
C'est se renouveler, fût-ce au bord de son soir,
Aux sources de l'amour, aux sources de l'espoir.

*Parmi les survivants des poètes de ma géné-
ration, beaucoup se sont tus; d'autres se répètent.
Ils ont dit ce qu'ils avaient à dire, etnous n'attendons plus d'eux aucune parole nouvelle, aucun
geste imprévu. Mais il en est d'autres fort heureu-
sement qui ont multiplié leur puissance de vivre,
qui ont su rester des jeunes hommes, puisque
leur ardeur première, loin de s'éteindre, s'est agran-
die. La jeunesse perpétuelle est l'un des apanages
du Héros. Qu'il me soit permis de croire que
nous sommes toujours dans les temps héroïques !*

*Les poètes de mon temps sont classés par écoles,
par groupes et sous-groupes, — sans compter ceux
qui vont seuls, comme les lions. Nous sommes tous
d'accord sur le peu d'importance de ces classements
arbitraires. Ces poètes sont légion. Il faudrait
plusieurs séances comme celle-ci pour parler de
tous. Nous nous occuperons aujourd'hui de ceux
qui peuvent être rattachés à un même courant
d'esprit. En des séries postérieures nous nous
occuperons de plusieurs autres. Le nombre en est
grand. Qu'on me pardonne d'inévitables oublis :
ils seront réparés.*

*Chez presque tous ceux dont nous nous occu-
perons aujourd'hui, nous trouverons une préoc-
cupation commune, celle qui est la caractéristique
des poètes de cette période. Ils souhaitent que
leur parole éveille dans l'âme du lecteur ou de
l'auditeur un sentiment multiple et illimité. Ils
prétendent déchaîner les pouvoirs latents du
Verbe. Ils veulent que leur chanson enfante de
lointains échos dans l'esprit ou dans le cœur. Ils*

ne disent pas toujours directement, avec une
précision sèche, ce qu'ils ont à dire. Ils doublent
leur chant d'un accompagnement mystérieux ;
ils enveloppent leurs vers d'une atmosphère occulte. Ils tentent d'agir sur les âmes par une évo-
cation, par une incantation. Tel avait été l'effort
triomphal des Baudelaire, des Mallarmé, des Villiers de l'Isle-Adam. Et cet effort fut également
celui par lequel s'épanouit le génie de nos grands
poètes d'autrefois. Ainsi l'art de Corneille éveille
avec un mystérieux et irrésistible pouvoir

Tout ce qui dort en nous de royales puissances
Et tout ce qui de nous se révèlerait grand.

Mais il faut reconnaître que rien n'est moins
préparé à cet art que l'esprit français rétréci, re-
croquevillé par le stupide enseignement univer-
sitaire. Puis, c'est un procédé très dangereux ;
s'il n'est pas manié par une main ferme de maître, il tombe dans l'imprécision, dans la mollesse,
dans le vague, dans le néant. Mais un poète n'est
réellement un poète qu'à une condition, c'est
que son œuvre éveille, à chaque nouvelle lec-
ture, une vision toujours nouvelle et toujours plus
belle, un frisson toujours nouveau et toujours plus
mystérieux, une joie ou une douleur toujours nouvelle et toujours plus forte. Il faut qu'il puisse justement dire comme l'Obéron de Shakespeare : « Nous
autres esprits, nous ne sommes pas seulement ce que
que nous semblons être. »

Aujourd'hui, nous allons passer en revue les survivants d'entre ceux qui bataillèrent si ardemment par écoles, par groupes, par fractions de groupes, sans compter les groupes dont un seul poète constituait à lui seul le maître et les disciples. Les écoles se dispersent, les groupes se brisent, et il ne reste jamais que les individualités, si elles doivent rester.

On a beaucoup parlé des symbolistes. Qui était symboliste ? Qui ne l'était pas ? Je n'en sais rien. On a englobé sous cette étiquette une foule d'esprits très différents. Leur esthétique, leur technique ont été partout exposées et discutées. Ce n'est pas ici le lieu d'y revenir.

La qualification de symboliste est restée attachée à plusieurs noms brillants. Vous allez entendre des poèmes de plusieurs de ces esprits.

Celui qui est devenu le plus notoire est sans doute M. Henri de Régnier. Vous vous plairez, j'en suis sûr, à son art très distingué et très élégant, à sa tenue toujours fière et à son charme lointain, quand Mme Irma Adoryan vous dira l'un des poèmes les plus caractéristiques de M. Henri de Régnier :

SCÈNE AU CRÉPUSCULE (1)

En allant vers la Ville où l'on chante aux terrasses
Sous les arbres en fleurs comme des bouquets de
[fiancées,

(1) Henri de RÉGNIER : *Poèmes anciens et romanesques.* (Librairie de l'Art Indépendant, 1890.)

En allant vers la ville où le pavé des places
Vibre au soir rose et bleu d'un silence de danses lassées,
Nous avons rencontré les filles de la plaine
Qui s'en venaient de la fontaine,
Qui s'en venaient à perdre haleine.
Et nous avons passé !

La douceur des ciels clairs vivait en leurs yeux tristes:
Les oiseaux du matin chantaient en leurs voix douces,
O si douces avec leurs yeux de bonne route
Et si tendres avec leurs voix de colombes indica-
　　　　　　　　　　　　　　　　　　[trices.
Elles s'assirent pour nous voir; tristes et sages,
Leurs mains jointes semblaient garder leurs cœurs
　　　　　　　　　　　　　　　　[en cages !

Les ballerines ont croisé nos chemins,
Et nous avons suivi leurs fards, leurs rires, leurs
　　　　　　　　　　　　　　　　[tambourins
Pour les perdre un soir d'ombre au détour du chemin.

Nous allons vers la Ville où l'on chante aux terrasses,
Sous les arbres en fleur chercher les Fiancées;
O cloches d'allégresse au silence des places !
Les cloches tremblent comme des fleurs balancées !

Nos espoirs entreront par les portes ouvertes
En vols de papillons légers aux vastes ailes
Avec les hirondelles
Qui s'en viennent inertes,
Lasses d'avoir passé et repassé les mers ;
Et vers les angles noirs et vers les pavés clairs

Nos espoirs voletteront en ombres joyeuses,
Comme des pétales de fleurs merveilleuses
Que pleut le soir d'avril aux tresses des fileuses.

***

Compagnon de M. Henri de Régnier dans les premières luttes, M. Francis Vielé-Griffin se complaît aux plus imprévues souplesses de rhythme. Son œuvre, mélancolique et joyeux, a le charme d'une princesse légendaire. Vous le goûterez dans cette

RONDE (1)

Où est la Marguerite,
O gué, ô gué, ô gué ?
Où est la Marguerite,
O gué, son chevalier ?

Elle est dans son château de fleurs et de charmilles,
— Ses yeux gris sont perdus aux brumes du lointain —
Doucement triste des rêves des jeunes filles,
Blonde dans le matin.

Elle est dans son château des Tourelles graciles,
Aux terrasses fleuronnées,
Où les heures sont lourdes qui semblent faciles,

(1) Francis Vielé-Griffin : *Joies*. (Edition Tresse et Stock, 1889.)

Lentes et lourdes comme des années,
Lentes et si faussement prônées.
Lentes et languissamment sonnées.

Elle est dans son château qu'isole un bois de chêne,
Surgissant des hameaux vers les tours lointaines,
Et sur qui passe un vol, vers là-bas essoré ;
Elle évoque en écho des chansons lointaines
Où pleurait un cœur éploré,
Et joyeux de sa peine,
Quelque chanteur lauré :

« Sais-tu qu'il est une heure où ne s'irrite
Plus cœur ni âme, enfin lassés d'attendre ?
En es-tu là que ton désir s'abrite
En l'ombre qui se fait muette et tendre ?... »

> Où est la Marguerite,
> O gué, ô gué, ô gué ?
> Où est la Marguerite,
> O gué, son chevalier ?

*
* *

> Où est la Marguerite,
> O gué, ô gué, ô gué ?
> Où est la Marguerite,
> O gué son chevalier ?

Elle est dans son verger sous les pommiers en neige,
Légère et que son rêve d'Avril allège,
Son rêve où l'amour passe en cortège
— Et la toile sur l'herbe éblouit le soleil. —

Elle est dans son verger toute troublée
Des toxiques qu'Avril a fleuris à la haie
— Il frissonne dans l'herbe une chanson tremblée —
Et son bonheur s'essor en un rire vermeil.

Elle est dans son verger fragrant et qui essaime
Et bourdonne et murmure, ensorceleur ;
Rose de vague joie, ivre du vrai poème,
A demi craintive à l'oracle d'une fleur,
Mais croyant surtout ce qu'a dit de qui l'aime
Le cierge bénit à la Chandeleur.

Elle rit d'elle-même
Et regarde la route et de sa main s'abrite...

Où est la Marguerite,
O gué, ô gué, ô gué ?
Où est la Marguerite,
O gué, son chevalier ?

*Il sied de rapprocher de M. Henri de Régnier
et de M. Francis Vielé-Griffin M. Stuart Merrill,
joaillier précieux. M. Stuart Merrill nous mène dans
des palais très dorés ou dans des parcs emplis de
musiques charmantes. Il ne faut pas toujours demander que les poètes nous emportent dans les
rudes secousses de l'âme humaine, dans le grand
vertige des passions, dans le frémissement de
vastes conceptions. Ils nous offrent ce qu'ils
ont. Et c'est déjà beaucoup que ce charme dans
lequel ils nous enveloppent, ces musiciens péné-
trants. Comme nous voici à la veille de Pâques*

fleuries, c'est le moment d'écouter cette gracieuse
Chanson de Pâques *de M. Stuart Merrill que va*
dire Mlle Berthe Gédalge.

CHANSON DE PAQUES (1)

Mon âme est pleine de cloches,
Mon âme est pleine d'oiseaux !
Je vois au miroir des eaux
Trembler les étoiles proches.

Mon âme est pleine d'églises,
Mon âme est pleine de fleurs !
Les enfants oublient leurs pleurs
A chanter parmi les brises.

Mon âme est pleine d'archanges,
Mon âme est pleine d'essors !
J'entends travailler les Sorts
Pour l'espoir secret des granges.

Mon âme est pleine de joie,
Mon âme est pleine de dieux !
Amour, bande moi les yeux
Pour me guider dans ta voie !

(1) Stuart MERRILL, *Les quatre saisons.* (Société du *Mercure*
de France), 1900.

Ce m'est un regret de ne pouvoir aujourd'hui vous faire entendre des vers de beaucoup de poètes de talent. Parmi ceux qu'on peut rattacher au même principe, M. Robert de Souza montre toujours une tenue littéraire savante et digne. C'est un des plus experts manieurs de rythme. M. Camille Mauclair semble s'être tourné principalement vers la critique. Il a écrit des chansons dolentes d'une jolie et tendre musique et des contes profonds. Un autre esprit très distingué semble encore avoir abandonné la lyre pour la plume du critique, c'est M. Remy de Gourmont. Il a écrit un œuvre considérable et varié. Il s'est laissé aller au plaisir subtil de comparer les idées, de les contempler sous des angles différents. Cet homme d'esprit a été tenté par la volupté du dilettantisme, et il a renoncé le principe de la force, qui consiste à élire un idéal et à s'y fier.

Voici maintenant l'un des rêveurs les plus personnels de notre temps, Saint-Pol Roux. A l'heure où les écoles poétiques se fragmentaient en mille sous-écoles, Saint-Pol Roux fut le chef des Magnifiques. Le titre était pompeux et grandiloquent ; l'ambition était hardie. Elle convenait bien à cet esprit très doux, qui saisit les images à pleins poings, et les maîtrise par la chevelure, avec une tranquille véhémence. Saint-Pol-Roux est l'auteur de la Dame à la Faulx, *une tragédie des plus significatives et des plus saisissantes. Il est encore un bien tendre chanteur exaspéré, comme vous le prouvera ce poème que nous dira M me Eugénie Nau :*

LE PALAIS D'ITHAQUE (1)

Au retour d'Ulysse métamorphosé en mendiant

L'éloquence des nuits clignote sur Ithaque,
Un chœur d'avènement palpite dans les bois.
Sur les cadences d'huile, une carène craque,
Puis le sable trahit des pas vus autrefois.

La Reine, sur l'ivoire et l'argent de son trône,
Sculptée, enclose des douze agrafes d'or fin
De son péplos, rêvant hèle comme une aumône,
L'Absent au casque vif dont son vieux jeûne a faim.

Par la kitare emplie des torrents du kratère
Et le ventre doublé de ventres de brebis,
Les Prétendants, sur les toisons des mets, par terre,
Ont des rires baveux plein leur trogne rubis.

Dans leur haleine d'ail coassent des grenouilles,
Et leur vie est aveugle aux Kers au doigt fatal,
Tandis que le brasier hérisse entre les rouilles
Des armes, des cloisons un réveil de métal.

Les Femmes aux bras blancs, dans l'impouvoir du
　　　　　　　　　　　　　　　　　　　[mâle,
S'entre-cueillent leur rose aux lueurs de leurs yeux
Dans l'appartement clos où le paros très pâle
Jalonne le logos négligeable des dieux.

(1) Saint-Pol Roux, *Anciennetés*.(Mercure de France,1903.)

Dehors, la main tendue au chambranle de frêne,
Un soleil de vengeance accroupi dans les nuits
De ses hideurs d'emprunt, le Rêve de la Reine
A l'air d'un tas de paille où pourrissent les fruits,

M. Paul Fort a jeté tout d'abord son nom dans le mouvement littéraire en créant un Théâtre d'Art *qui fut un bel effort. Il y fit représenter le premier du Verlaine et du Maeterlinck. Depuis, il a entassé les œuvres, et donné l'essor à des Ballades significatives. M. Dullin nous fera connaître, de M. Paul Fort, une ballade marine :*

LA CHANSON DES MARINS HALÉS (1)

Ils ont choisi la mer, ils ne reviendront plus. Et puis, s'ils vous reviennent, les reconnaîtrez-vous ?

La mer les a masqués, avant de vous les rendre. On ne sait s'ils sourient ou s'ils pleurent sous leur hâle.

Et ils n'ont plus leur âme, elle est restée en mer, Que la mer est ardente, empressée au butin !

Ils ne reviendront plus, ils ont choisi la mer. Et puis, s'ils revenaient, seraient-ils revenus ?

(1) Paul FORT : *L'amour marin.* (Mercure de France, 1908.)

Des artistes se plaisent à faire vibrer dans les vers un métal sonore. Ainsi, MM. Pierre Quillard et Ferdinand Hérold, tous deux érudits. M. Pierre Quillard a fréquenté les philosophes d'Alexandrie, les Néo-Platoniciens initiés aux mystères, comme Porphyre et Jamblique. Il semble — et nous le regrettons — qu'il ait délaissé son vers plein pour le bruit plus vulgaire des réunions publiques, et il me permettra de regretter le temps — c'était celui de notre jeunesse — où il déprisait de haut les fariboles démagogiques. C'était le temps où il chantait joliment le Printemps d'automne *que va nous faire connaître Mlle Maud Sterny :*

PRINTEMPS D'AUTOMNE (1)

La pourpre automnale ensanglante
Les feuilles sèches des halliers,
Et transforme en floraison lente
Les rayons d'avril oubliés.

D'insensibles métamorphoses
Changent les clartés d'autrefois
En d'artificielles roses
Qui parent les jours gris et froids.

(1) Pierre QUILLARD, *La Gloire du Verbe*. (Librairie de l'Art Indépendant, 1890.)

Et sous le ciel tendu de brume
Et les nuages palpitants,
Leur odeur mourante parfume
Leur mélancolique printemps.

Très chère, c'est aussi l'automne
Ténébreux pour nos cœurs lassés ;
Mais en notre chair qui s'étonne
Refleurissent les jours passés.

Et la ressouvenance lente
Nous revêt comme des halliers
D'un manteau de pourpre sanglante
Faite des baisers oubliés.

M. Edouard Dujardin a joué dans les lettres un rôle aussi important qu'audacieux. Infatigable fondateur de revues vivantes et passionnées, il est, à l'heure actuelle, le promoteur de la Revue des idées. Il fut encore l'auteur de cet étrange ouvrage A la gloire d'Antonia ; l'un des principaux adeptes de cette nouveauté : le vers libre, avec M. Gustave Kahn, qui en est le représentant le plus célèbre et le plus autorisé. M. Gustave Kahn, écrivain varié et critique singulièrement juste, esprit ouvert à tous les vents de l'esprit, est l'initiateur d'une forme nouvelle sur laquelle il fut beaucoup discuté : le vers libre. Il en est le théoricien savant et subtil en même temps que le créateur heureux. A ce genre appartient « Ne t'attriste pas », dont vous goûterez le charme.

NE T'ATTRISTE PAS (1)

Ne t'attriste pas, ne t'attriste pas
Sur le miroir de la jeunesse
Sur les heures liquides d'autrefois
Et la veillée perdue aux portes des forteresses.

Les manoirs d'idoles et de chapes brodées,
Leurs manoirs aux voiles de lis irisées,
Les miroirs cendreux où le torse du passé
Dévoile ses plaies nues et le vautour de son foie
     Ne s'entre-baillent qu'à l'âme forte,
     Précise d'un rêve de connaître
     A travers les routes tortes
De la conscience en autel vers le non-être
Ce secret d'heures fauves où c'est le fou du roi,
Déblayant les allées traînantes de feuilles mortes,
     Qui prescrit la loi et la loque,
Quand les portes s'effondrent sous les coups de
                          [marteau,

     Que midi du soleil pâlit à l'incendie
     Qui lèche de son cri grandiloque
Les pieds du fou perché sur le rebord du toit.

(1) Gustave KAHN: *La pluie et le beau temps* (Léon Vanier
éditeur, 1896.)

Ne t'attriste pas, ne t'attriste pas
Sur l'heure désespérée après le triomphe las,
Lorsque les vainqueurs, la bêche sur l'épaule,
Retournent vers les champs étroits.
Les mamelles d'espoir sont pleines,
Qui pendent au poitrail de Cybèe ;
Les olives de Minerve gonflent des outres rebondies ;
Les mains de Cybèle réchauffent tous les pôles
Et la braise des grands brasiers sourit.

Ne t'attriste pas, ne t'attriste pas.
Au marais du vivre planent des flèches lentes ;
La vie tient ton poignet et te murmure l'andante
De sa marche monotone ;
La déesse Mémoire garde aux lèvres aphones,
Pour nos volontés mort flétries,
L'accueil vers les palais d'insommies
Des futurs rêveurs aux proches incendies.

M. Pierre Louys s'était voué au tableau de la volupté antique. Il n'en voulait voir que la grâce alanguie, et il la peignait avec une complaisance élégante, avec un art séduisant. Si bien qu'un jour, subitement, son Aphrodite séduisit un nombre immense de lecteurs. Il semble qu'il ait toujours vécu à Corinthe, dans la cité des courtisanes et des métaux bien travaillés. On connaît de lui peu de vers ; mais ils sont gracieux comme sa prose, ainsi que vous en jugerez quand Mme Eugénie Nau nous lira de Pierre Louys :

LE CRÉPUSCULE DE L'EAU (1)

Les fleurs s'en sont allées au fil de l'eau, le long des rives.
Les fleurs ? L'eau merveilleuse où le soir qui meurt se
se mordore ;
Les pétales de crépuscule tournent et chavirent
Au fil du fleuve qu'un frisson bleu de brise déflore,
Et si loin par la plaine se suivent
Qu'aux derniers champs du monde où naît rouge
[l'aurore.

Les fleurs s'en sont allées au fil de l'eau, le long des rives.
Les fleurs ? Celle de chair et de lin frêle encorollées
Que berce le roulis des lentes barques évasives
Et tristement, avec des nonchalances désolées
Peuplent d'un vol le miroir des rivières massives.

Des rivières entre les pins, longues allées.

Les fleurs sur l'eau qui gyre au fil des fleuves en allées.
O le silence noir des eaux ! l'effroi sous les ramures,
Frisson glacé de rivière frileuse dévêtue...
Et dans la haute nuit du parc où sont morts les mur-
[mures,
Dans la brume où s'érige une pâleur de statue,
La tristesse et la nudité des eaux nocturnes.

Les fleurs sur l'eau qui gyre au fil des fleuves en allées.

(1) Pierre LOUYS, *Astarté*. (Librairie de l'Art Indépendant, 1891.)

On était, il y a une quinzaine d'années, à la période la plus ardente du symbolisme, quand un groupe important s'en sépara avec fracas. L'école nouvelle s'intitula Ecole romane. *Elle élut pour maître M. Jean Moréas et pour apôtre M. Charles Maurras, dialecticien solide, qui, depuis, est devenu le rénovateur de la doctrine royaliste. L'école romane prétendait se relier à l'une des formes de la tradition française, à celle de Ronsard et de sa Pléiade, comme aussi à la grâce racinienne. Elle cherchait à broder, sur les grands lieux communs impérissables que la vie offre aux poètes, d'harmonieuses variations. Les écoles, toujours, durent ce que durent les roses. M. Jean Moréas est resté le poète sonore et mélodieux que vous connaissez, et que Mlle Blanche Albane vous rappellera en disant ces*

STANCES (1)

La lune sur le sol découpe la figure
      Des tilleuls ; à l'écart
Je vais et je rejette au loin, de ma nature,
      La plus commune part.

Je sens mon rêve ici croître sans violence
      Comme mûrit le fruit,
Et du clocher du bourg, sur l'aile du silence,
      Un son s'élève et fuit.

(1). Jean MORÉAS, *Les Stances.* (Société du Mercure de France.)

Clartés du ciel, ô voix de l'heure, ombrage sombre,
    Tranquille vétusté
De ces lieux, liguez-vous pour assaillir en nombre
    Mon cœur de tout côté.

Je vous entends glisser avec un secret bruit
    Là-bas sur la pénombre verte.
Entrez dans ma maison, ô souffles de la nuit,
    J'ai laissé la fenêtre ouverte,

O souffles, pour mon cœur tout chargés à présent
    D'erreur, de remords, d'amertume,
Vous me parliez jadis, lorsqu'avec le brisant
    Luttaient la tempête et l'écume.

Lorsque le long du sable, aux flots harmonieux,
    Dans la crique et sur cette grève,
D'une amitié perfide et la terre et les cieux
    Remplissaient mon âme et mon rêve.

Mais quoi, vous vous taisez, esprits éoliens !
    Un autre arpège se prolonge :
C'est la pluie, elle tombe, et je me ressouviens
    Tout à coup d'un autre mensonge.

*L'école romane s'enorgueillissait encore de M.
Ernest Raynaud, de M. Raymond de la Tailhède
et de M. Maurice Duplessys. Ces poètes auraient
été choyés de Ronsard. Le gracieux Vendômois
qui sut donner une forme charmante et durable
aux plus banales constatations, aurait aimé en*

eux la culture gréco-latine et la tradition rénovée aux sources antiques. M. Ernest Raynaud est plus que jamais sur la brèche. C'est un bel artiste, très vibrant, très sonore, et qui, dans la coupe savamment et précieusement ciselée de son verre. a versé le vin généreux d'une émotion toujours belle. Et c'est une pièce d'un tendre et grave sentiment que ces Paroles d'un père que vous fera entendre Mme Irma Adoryan.

PAROLES D'UN PÈRE (1)

Dieu, qui tracez à l'herbe un chemin dans les pierres,
O dieux ! qui dirigez la pointe des moissons,
Faites que cette enfant, venue à la lumière,
Persiste ; elle est l'unique espoir de la maison.

En faveur de mes chants, soyez-moi secourable !
Si je ne cesse point de vous importuner,
C'est que je sens rôder dans l'ombre impénétrable
La vipère irritée autour des nouveau-nés.

C'est que je vois la Force, ici, réglant les choses,
Se plaire à culbuter le faible sous ses coups,
L'orage sans pitié se ruer sur les roses,
Et la brebis servir de nourriture aux loups.

(1) Ernest RAYNAUD, la Couronne des Jours. (Société du Mercure de France, 1905.)

3

Pour seule arme, n'ayant que le désir de vivre,
Elle s'ouvre et se fie aux premiers souffles chauds,
Frêle enfant ! sans songer que la pluie et le givre,
Contre elle, au fond des nuits, méditent leurs assauts.

Sans savoir qu'elle est nue et fragile, exposée
Comme un jeune feuillage aux caprices du vent,
Et qu'elle est comparable à ce grain de rosée
Qu'un instant voit éclore et qui sèche au suivant.

Ah ! contre tous ces maux qui nous pressent sans cesse,
Tous les poisons qu'on sent dans la nature épars,
Je m'étonne que l'infini de ma tendresse
Ne puisse pas suffire à lui faire un rempart.

*
* *

Les efforts de cette école, qu'on nomma tantôt
décadents, tantôt symbolistes, présentaient leurs
outrances. Toute école a ses sectateurs qui en
accentuent les tendances, et lui font subir la dé-
formation du ridicule. Et, à l'origine, ce sont les
caudataires dont les tentatives apparaissent le
plus frappantes. Ils passent d'abord pour les
futurs grands hommes du cénacle. Il en est toujours
ainsi. De même, en 1830, dans le mouvement romantique, c'est le lycanthrope échevelé Pétrus Borel
qui paraissait devoir être le maître et le grand
homme. Et ces excès des écoles trouvent, en
France, dans ce pays du bon goût et de
l'esprit, des parodistes spirituels, dont la raillerie
rappelle dans la voie plus droite ceux qui tombe-

raient peut-être dans les fondrières de l'outrance. L'école symboliste suscita des parodies. Et les parodistes les plus éclatants furent trois poètes exquis et différents tous trois: Gabriel Vicaire, Henri Beauclair et Laurent Tailhade. Gabriel Vicaire, mort en pleine force, joli chanteur d'inspiration franche et ingénue, et Henri Beauclair, un Normand robuste, d'esprit sain et très fin, s'associèrent pour une mystification très amusante. Ils imaginèrent l'existence d'un certain Adoré Floupette, poète décadent, auquel ils prêtèrent les plus folles excentricités de parole et de pensée. Les petits poèmes ironiques et falots d'Adoré Floupette eurent un retentissement qui dure encore. Vous écouterez, en souriant de cette parodie maligne, le Scherzo que voudra bien lire M. Dullin.

SCHERZO (1)

Si l'âcre désir s'en alla,
C'est que la porte était ouverte.
Oh ! verte, verte, combien verte
Etait mon âme ce jour-là !

C'était, on eût dit — une absinthe,
Prise, il semblait, — en un café,
Par un mage très échauffé,
En l'honneur de la Vierge sainte.

(1) *Les Déliquescences* d'Adoré FLOUPETTE. (Byzance, chez Léon Vanné, éditeur 1885).

C'était un vert glougloutement
Dans un fossé de Normandie,
C'était les yeux verts d'Abadie
Qu'on a traité si durement.

C'était la voix verte d'un orgue,
Agonisant sur le pavé ;
Un petit enfant conservé
Dans de l'eau très verte à la Morgue.

Ah ! comme vite s'en alla,
Par la porte à peine entr'ouverte,
Mon âme effroyablement verte,
Dans l'azur vert de ce jour-là !

*Mais Henri Beauclair, spirituel forgeur d'épi-
grammes, a donné des poèmes plus graves, mélancoliques et tendres ; et vous vous plairez à entendre ce sonnet, où s'avoue la maturité généreuse
de l'esprit :*

A JEAN BEAUCLAIR (1)

Tu feras, Jean, mon fils, ce que je n'ai pu faire.
Va, j'armerai ton bras pour la vie, et serai
Ton guide sage et sûr dans le chemin du vrai.
Devant tes pas, je sèmerai de la lumière.

Oui, je sais maintenant, je vois, je te dirai
Comment je m'enlizai dans mainte fondrière,
Les sentiers où je fis l'école buissonnière
Et les jardins d'erreur où je fus égaré.

(1) Etude sur Henri BEAUCLAIR, par Ch.-Théophile
Féret. (Dumont, éditeur, 1905.)

Il te faut être bon, travailleur, sobre et brave,
Etre sans passions pour n'avoir nulle entrave !
Et tu m'auras donné plus que tu ne reçus,

Si, par toi, ma vieillesse est un jour embellie ;
Car je serai plus fier de ton œuvre accomplie
Que je n'ai de regrets de mes espoirs déçus.

Un autre satirique, un railleur féroce, fut — chose qui peut sembler bizarre — un de ceux-là mêmes qui s'enfonçaient hardiment, avec tant d'autres, dans les voies nouvelles. C'est Laurent Tailhade, railleur qui s'amusa de se parodier lui-même. Il est féroce, méchant en diable ; mais pourquoi épargnerait-il les autres, puisqu'il ne s'épargne pas lui-même ? Il a des flèches terribles, mais elles sont d'or. Et l'on sent qu'il a moins de plaisir à les lancer, quelquefois au hasard, dans le tas, qu'à les ciseler amoureusement, à leur donner une forme parfaite, dont le souvenir demeure inoubliable. Et ses satires sont écrites dans une langue si aiguë, si précise, dans une forme si intense que les lettrés s'y réjouiront toujours. A côté des satires énormes où s'amusèrent Flaubert créant Bouvard et Pécuchet, et Villiers de l'Isle-Adam créant son terrible docteur Bonhomet, Tailhade a pris une place d'archer redoutable. Et nul n'a poursuivi d'armes plus acérées cet état d'esprit si largement répandu dans le monde contemporain qu'on nomme le muflisme. Nul n'a, avec autant de

sûreté que cet aristocrate, transpercé le mufle et
fouaillé le goujat. Un de ses quatorzains fameux
nous sera lu par M. Marcel Olin.

DINER CHAMPÊTRE (1)

Entre les sièges où des garçons volontaires
Entassent leurs chalands parmi les boulingrins,
La famille Feyssard, avec des airs sereins,
Discute longuement les tables solitaires.

La demoiselle a mis un chapeau rouge vif
Dont s'honore le bon faiseur de sa commune,
Et Madame Feyssard, un peu bonasse et brune,
Porte une robe loutre avec des reflets d'if.

Enfin, ils sont assis, Or le père commande
Des écrevisses, du potage au lait d'amande,
Toutes choses dont il rêvait depuis longtemps.

Et, dans le ciel couleur de turquoises fanées,
Il voit les songes bleus qu'en ses esprits flottants
A fait naître l'ampleur des truites saumonées.

*Tailhade, lyrique dans la satire, est comme
Janus à double face. C'est le lyrique exaspéré
qui est devenu satirique. N'éprouverez-vous pas
un plaisir exquis à entendre, de Laurent Tailhade,
par la voix de Mlle Jane Rabuteau :*

(1) Laurent TAILHADE, *Poèmes aristophanesques.* (Société du
Mercure de France.)

TRISTESSE AU JARDIN (1)

Le doux rêve que tu nias,
Je l'ai su retrouver parmi
Les lis et les pétunias,
Fleurs de mon automne accalmi.

Mon rêve, par les allées,
Cueille des branches d'azalées.

La vigne pourpre aux raisins bleus
Festonne les murs du jardin,
Où niche maint oiseau frileux
Sous le feuillage incarnadin.

Mon rêve, par les allées,
Cueille des branches d'azalées.

Dans le bassin qu'elle verdit,
L'eau pleure inconsolablement,
Et, mélancolique, redit
Les mots trompeurs de ton serment.

Mon rêve, par les allées,
Cueille des branches d'azalées.

(1) Laurent TAILHADE, *Poèmes élégiaques.* (Mercure de France 1907.)

Automne, Deuil précoce et doux !
Sous le ciel aux feux apaisés,
Les languissantes roses d'août
Gardent l'odeur de tes baisers.

Voici que, par les allées,
Meurent les blanches azalées.

   Passons à un groupe de nationalité, le groupe belge, dont les personnalités les plus saillantes paraissent être Emile Verhaeren et Maurice Maeterdinck. A côté d'eux, il faudrait citer beaucoup de noms : M. André Fontainas, chanteur de strophes subtiles et sonores ; M. Albert Mockel, chanteur mélodieux, M. Grégoire Le Roy, chanteur vigoureux, et beaucoup d'autres.

   Emile Verhaeren, tumultueux, torrentiel, semble le chantre impétueux d'un monde en formation, de cette société moderne si incohérente et si inquiète. On dirait qu'il est halluciné de contempler les jeux obscurs des forces naturelles et des forces sociales. Vous vous plairez, j'en suis sûr, à entendre, par la voix de M. Marcel Olin, de ce puissant, de cet admirable Barbare,

LE PORT (1)

Toute la mer va vers la ville !

(1) Emile VERHAEREN, *les Villes tentaculaires.* (Edmond Deman, éditeur.)

Son port est innombrable et sinistre de croix,
Vergues transversales barrant les grands mâts droits.

Son port est pluvieux de suie à travers brumes,
Où le soleil, comme un œil rouge et colossal, larmoie.

Son port est ameuté de steamers noirs qui fument
Et mugissent, au fond du soir, sans qu'on les voie.

Son port est fourmillant et musculeux de bras
Perdus en un fouillis dédalien d'amarres.

Son port est concassé de chocs et de fracas
Et de marteaux tonnant dans l'air leurs tintamarres.

Toute la mer va vers la ville !

Les flots qui voyagent comme les vents,
Les flots légers, les flots vivants,
Pour que la ville en feu l'absorbe et le respire
Lui rapportent le monde en des navires.
Les orients et les midis tanguent vers elle,
Et les Nords blancs, et la folie universelle
Et tous nombres dont le désir prévoit la somme.
Et tout ce qui se crée en un front d'homme,
Là-bas dans l'inconnu des loins talismaniques,
Tend vers elle, cingle vers elle et vers ses luttes :
Elle est la ville en rut des humaines disputes
Elle est la ville au clair des richesses uniques,
Et les marins naïfs peignent ses caducées,

Sur leur peau rousse et crevassée,
A l'heure où l'ombre emplit les soirs océaniques

Toute la mer va vers la ville !

. . . .

Un autre poète belge, Maurice Maeterlinck, est célèbre dans l'univers entier. Sa méditation un peu effarée devant le mystère de ce monde a conquis les esprits. Ses vers sont moins répandus que sa prose. Mlle Fagazzi nous dira, de M. Maurice Maeterlinck, une émouvante chanson :

CHANSON (1)

Et s'il revenait un jour,
    Que faut-il lui dire ?
— Dites-lui qu'on l'attendit
    Jusqu'à s'en mourir...

Et s'il m'interroge encore,
    Sans me reconnaître ?
— Parlez-lui comme une sœur.
    Il souffre peut-être.

Et s'il demande où vous êtes,
    Que faut-il répondre ?
— Donnez-lui mon anneau d'or
    Sans rien lui répondre...

(1) *Douze chansons* de Maurice MAETERLINCK, Gand, 1896.

Et s'il veut savoir pourquoi
    La salle est déserte ?
— Montrez-lui la lampe éteinte
    Et la porte ouverte...

Et s'il m'interroge alors
    Sur la dernière heure ?
— Dites-lui que j'ai souri
    De peur qu'il ne pleure.

Voici un poète qui peut s'enorgueillir d'un grand effort, René Ghil. Tout son art n'appartient qu'à lui : chef de l'école instrumentiste, il est un technicien conscient, autant qu'un exécutant intuitif. A des concepts nouveaux de cosmogonie et d'éthique, à une philosophie personnelle, il voulut adapter une expression nouvelle. Philosophe et chanteur, René Ghil est un esprit éminemment original. Il faut pénétrer au fond de sa doctrine pour bien entendre son vers. Il a donné l'exemple d'un grand labeur constant et sans défaillance. M. Ghil semble croire aux progrès de la science. C'est là une conception contemporaine dont sourirait Platon. Il n'y a pas de progrès de la science. Il y a une science éternelle que pénètrent, plus ou moins profondément, les initiés, quelle que soit l'époque où ils vivent.

FRAGMENT DE L'ORDRE ALTRUISTE (1)

L'eau des étangs que le vent aspire
crève en ses tourments —
          ah !... de douleur et de Joie !
épands-toi dans ton geste épars d'ongles sanglants
du sang de tes paumes ! épands ta délivrance :
l'eau de sels de la prime mer, l'eau de l'amnios
crève en tes lèvres !...

          Du néant, tonnant le los,
ce n'est pas le vent de détruire ! ireux qui strie
le pathétique plasma de tout, et houlants
exhume les intus orgasmes de la transe
du monde, et dans ta voix — se lacère !

                    Epands-toi
dans le spasme hors toi ! et dans la Délivrance
large :
          c'est le vent de la vie inassouvie
qui des sourds orients aux ataviques soirs, pousse
le soleil rond, et pousse ton petit ! le Front
qui t'ouvre de ton petit
                    à la Vie — douce
et poignante — à la Vie qui meurt pour la vie !

*Tout mouvement d'art suscite de nécessai-
res réactions. Les tendances grandiloquentes,
le ton souvent froid et abstrus, l'appareil factice*

(1) René GHIL, *l'Ordre altruiste.* (Messein, éditeur, 1908.)

des symbolistes provoquèrent une réaction. Une école se forma, c'est cette école qui renaît toujours et qui prétend revenir à la nature. C'est cette école qui s'asservit aux descriptions de la vie mesquine, c'est l'école antihéroïque. Il y a des poètes dont les yeux rapetissent le monde. Ils fuient les larges horizons pour s'attacher à la glèbe, et ils ne veulent pas que Pégase ait des ailes, puisque les cieux qu'ils espèrent sont le nuage qu'ils peuvenet presque toucher du doigt. Quelquefois, les poètes de la nature jettent sur la médiocrité de leur conception, sur la platitude de leur désir, un certain charme, une certaine émotion. Parmi les poètes de la nature, M. Francis Jammes a une assez grande notoriété. Mlle Maud Sterny vous dira, de M. Francis Jammes :

LORSQUE JE SERAI MORT..... (1)

Lorsque je serai mort, toi qui as les yeux bleus
couleur de ces petits coléoptères bleus de feu
des eaux, petite jeune fille que j'ai bien aimée
et qui a l'air d'un iris dans les *fleurs animées,*
tu viendras me prendre doucement par la main.
Tu me mèneras sur ce petit chemin.
Tu ne seras pas nue, mais, ô ma rose,
ton col chaste fleurira dans ton corsage mauve.
Nous ne nous baiserons même pas au front.

(1) Francis JAMMES, *De l'Angelus de l'aube à l'Angelus du soir.* (Mercure de France, 1898.)

4

mais la main dans la main, le long des fraîches ronces
où la grise araignée file des arcs-en-ciel,
nous ferons un silence aussi doux que du miel ;
et, par moments, quand tu me sentiras plus triste,
tu presseras plus fort sur ma main ta main fine
et tous les deux, émus comme les lilas sous l'orage,
nous ne comprendrons pas... nous ne comprendrons
                                              [pas...

Dans un groupe de poètes d'inspiration catholique, on remarque M. Adrien Mithouard,
poète grave de la tradition médiévale. M. Albert
Jounet donna les plus belles espérances. Initié
profond, adepte des plus hautes sciences, Albert
Jounet, le kabbaliste du royaume de Dieu et le
poète des Lys noirs, semblait devoir tracer un
éblouissant sillage. Il parut un instant y renoncer
pour se vouer uniquement à de belles chimères
d'apôtre; il prêche aux hommes la paix et la
concorde. Et nous retrouverons dans ses chants
les plus subtils la haute et constante noblesse
de son concept et de son émotion.

CANTIQUE A L'ÉPOUSE (1)

Epouse au front lumineux,
Voici que le soir descend
Et qu'il verse dans tes yeux
Des rayons couleur de sang.

(1) Albert JOUNET, les Lys noirs 1888.

Le crépuscule féerique
T'environne d'un feu rose.
Viens me chanter un cantique
Beau comme une sombre rose.

Ou plutôt ne chante pas.
Viens te coucher sur mon cœur ;
Laisse-moi baiser tes bras
Plus pâles que l'aube en fleur.

La nuit de tes yeux m'attire,
Nuit frémissante, mystique,
Douce comme ton sourire
Heureux et mélancolique.

Et, soudain, la profondeur
Du passé religieux,
Le mystère et la grandeur
De notre amour sérieux

S'ouvre au fond de nos pensées
Comme une vallée immense
Où des forêts délaissées
Rêvent dans un grand silence...

Albert Jounet entraînait dans son rayonnement un jeune homme qui s'appelait Jules Bois, qu'ont tenté plus tard des formes différentes d'adaptation, et qui sera demain l'auteur tragique de la Furie. Un poète catholique, M. Louis Le Cardonnel s'est fait prêtre. Aujourd'hui, sous la noire robe cléricale, le poète, qui n'a pas renoncé à chanter, habite Assise, et il suit, en même temps que sa méditation, le vol des oiseaux, arrière-petit-fils de ceux que tendrement prêcha, longtemps après avoir été un rimeur italien bien médiocre, le doux saint François. M. Louis Bourny nous dira, de M. Le Cardonnel :

MES HEURES (1)

Par les champs et les bois, sur les monts, près des ondes
Suivant leurs songes vains et leurs illusions,
Autrefois s'en allaient mes heures vagabondes.

Elles jouaient avec les jeunes passions,
Et parfois, on les vit, ces belles insensées,
Ivres du clair été, rire dans les rayons.

Par le Doute beaucoup sanglotèrent blessées,
Ou, maudissant le jour implacable et vermeil,
Jusqu'à la douce nuit se traînèrent blessées.

Et que de fois alors, triomphant du sommeil,
Avec ses regards creux, la fatale insomnie
Les força d'invoquer le retour du soleil !

(1) Louis LE CARDONNEL, *Poèmes.* (Mercure de France 1904).

Mais blanches du reflet de la paix infinie,
Mes heures maintenant, toutes, d'un pied serein,
Se suivent dans l'amour, la joie et l'harmonie.

Car, Chaste conducteur qu'on ne suit pas en vain,
Fils du Père, vêtu de la nature humaine,
C'est le divin Berger, c'est l'Enchanteur divin,

C'est le divin Orphée, humble et doux, qui les mène.

**
* *

Nous arrivons à des poètes réfractaires à tout classement : ceux qui vont seuls comme les lions. Ceux qui marchent dans de la solitude et du silence. Malheur au poète qui n'a pas autour de lui de la solitude et du silence !

Beaucoup d'entre vous, Mesdames et Messieurs, ont entendu, samedi dernier, la parole vibrante de Roinard, l'instigateur des trois séances que nous devons donner ici. Son œuvre capitale, les Miroirs, va bientôt le révéler sous une forme nouvelle. Chez ce poète véhément, chez ce voyant doulou- reux, chez cet âpre intransigeant de la cons- cience, chez ce révolté, nous trouvons aussi l'é- motion et la tendresse. C'est cette émotion intime et forte que vous aimerez quand Mlle Jane Ra- butau nous lira de M. Roinard :

FIDÈLE SCUVENANCE (1)

I

J'ai dans ma vie un lieu joli
Un joli lieu d'intime amour et de fête
Secrète :
Un pan de ciel avec un pli,
Des feuilles vertes sur la tête,
Des feuilles mortes sous les pieds, un joli
Lieu d'amour grand comme un lit
De fillette.

Au loin, sur la mer, une voile partait.

II

J'ai dans ma vie un joli lieu,
De rêve doux et de retraite sainte,
Lieu parfumé par les baumes ; un peu de bleu
Vers l'Orient, c'est la forêt et son étreinte
Aux milles bras ; un peu
De vent vers l'Occident, c'est la mer et sa plainte.

Au loin sur la terre, une vieille chantait.

(1) P.-N. ROINARD, *la Mort du Rêve.*(Société du Mercure de France, 1902.)

III

J'ai dans ma vie un joli
Lieu d'amour dont mon âme est toute pleine,
Refuge cher, tout au loin du vulgaire oubli,
Margelle en fleurs, tout au bout d'une plaine,
Puits de fraîcheur où se réfléchit
Le rare éclat d'un regard d'infini
Qui doucement sommeille enseveli
Sous les frissons velus de la Verveine
Bleue et de la blême Marjolaine.

Au loin sur la mer, une voile partait.

IV

J'ai dans ma vie une minute d'or,
Qui tinta si longtemps qu'elle retinte encor
En ce lieu si tendre, où je m'enfuis quand je pleure,
Et c'est là qu'en berçant l'heure
D'autrefois dans un ineffable leurre,
Je songe comme on dort,
Et c'est là qu'en dormant, Tout veuille que je meure ?

Au loin sur la terre une vieille chantait.

*Voici encore un poète enveloppé de solitude
et de silence. Et c'est un haut esprit, Louis
Ernault. L'auteur du* Miracle de Judas *est un
poète dramatique de la plus large envergure,*

d'une très forte beauté. Sa notoriété, après un œuvre nombreux, est encore restreinte. Tant mieux pour lui ! Son œuvre prendra plus de force dans la solitude et le silence. Mais vous, jeunes hommes qui m'écoutez ici, c'est à vous qu'il appartient d'avancer pour Louis Ernault l'heure de la justice. C'est à vous de proclamer qu'il est un pur et puissant poète. Car c'est vous qui nous distribuerez la justice et la gloire. Soyez conscients de vos devoirs et de vos forces !

Le poète a montré les héros sauvés de la voix des Sirènes, données à la mort par le verbe du grand Aède, d'Orphée. Les Sirènes sont mortes, et le poète se lance éperdument dans la symbolique de cette fin.

LA MORT DES SYRENES (1)

(FRAGMENT DE LA SYMBOLIQUE)

— Parfum des Vents ! Parfum des Cieux ! Parfum
[des Flots... »

Syrènes, c'est ainsi, Vierges, que vous mourûtes ;
C'est ainsi que la Lyre éclatante, aux îlots
Éteignit dans le chant traînant des doubles flûtes,
Voluptés ! vos fureurs, — hélas !... et vos sanglots !

(1) Louis ERNAULT, *La Mort des Syrènes*. (Librairie de l'Art indépendant, 1900.)

Vous n'êtes plus. La mer a balayé vos îles :
Tant d'âges ont passé ! Dans l'écume dissous,
Même vos rochers morts, même vos robes viles
D'algues et de limons : rien ! rien n'est plus de vous...

Et pourtant, et pourtant, en nos âmes hantées,
Quels fantômes, clamant l'amour dans les autans,
Vibrent encor, sinon, sombres ressuscitées,
Vous qui roulez, toujours, aux Vagues des vingt ans.

Mortes !... Ah ! Passions ! — Sœurs, ah ! sœurs du
[Poète !...
Filles des océans, — filles à matelots ! —
Pourquoi, si ce n'est vous, en notre âme inquiète,
Tant d'orage, ambigu de foudre et de grelots !

O Monstres qui chantez ! de quels secrets repaires,
— Comme les Sept Dormants, de quel vieux Châ-
[teau Fort ! —
Surgissez-vous, dardant, ainsi que des vipères,
Vos nostalgiques yeux d'ivresse et de remords !

Ils flambent! et nos fronts, bénits comme des cierges,
Se baissent !... Vous chantez! avec des cris moqueurs,
Triomphal, à longs flots jailli des Aubes vierges,
L'universel Désir s'engouffre dans nos cœurs.

Il ruisselle du col puissant des femmes belles ;
La tour de leurs cheveux l'épand comme une mer ;
Le beau rhytme, animal, et plein, de leurs mamelles,
Comme un orchestre lent cadence notre chair !

. . . .

Et vainement liés au mât de nos idées,
Comme Odysseus errant nous avons fui l'écueil :
C'est vous, vous, qui volez aux barques des Tydées,
Et nous vous acclamons comme Hôtesses d'orgueil !

*Autre poète épique, Sébastien-Charles Leconte.
Il a fouillé les temps pour y voir les gestes héroïques,
pour les comparer au geste de notre temps, et
sa voix, qui prend l'ampleur fatidique, est
éclatante et métallique. M. Marcel Olin nous
dira, de Sébastien-Charles Leconte :*

LE LAC SACRÉ (1)

Nous fîmes halte au bord du lac quadrangulaire,
Et dont l'îlot central porte un temple sacré,
Où chaque soir, ainsi qu'un brasier tutélaire,
L'asphalte des bûchers prismatiques éclaire
L'eau magique ceignant le parvis consacré.

Et je dis aux gardiens de ce lieu de prière :
« Ce soir l'ombre éternelle est pleine d'astres. L'or
Des constellations flamboie au sud. Derrière
Ses montagnes, je vois frissonner la crinière
Étincelante aussi des sept chevaux du Nord.

(1) Sébastien-Charles LECONTE, *Le sang de Méduse*. (Edition
du Mercure de France, 1905.)

O veilleurs du secret ! ô farouches ascètes !
Cette nappe d'acier est un miroir blanchi,
Où rien du firmament qu'anime les planètes,
Rien de la voûte ardente aux lumières muettes
N'a rayonné jamais ni ne s'est réfléchi.

Pourquoi donc, dans sa face immobile, cette onde
N'a-t-elle reflété rien des sphères du ciel ?
Est-ce donc qu'elle absorbe, en son ampleur profonde,
Et l'azur magnifique et la clarté du monde,
La gloire sidérale et son ordre éternel ?

O poëte, la main pieuse des ancêtres,
Vingt mille ans avant l'heure où nous te saluons,
Alluma ces autels dont nous sommes les Prêtres,
Et, depuis vingt mille ans, les formes et les êtres
Changent autour du Feu que nous perpétuons.

La face de ce lac, toujours interrogée,
N'a, depuis vingt mille ans, miré, dans les regards
De sa glace polie et de roseaux frangée,
Que cette sainte flamme immobile et chargée
Des vapeurs de l'encens et des parfums épars.

C'est pourquoi l'anxieux et nocturne mirage
Ne se répète plus dans cet étang divin :
Les flambeaux immortels du sanctuaire, ô sage !
Au visage des eaux dérobent le visage
De ce vain infini dont tu parles en vain. »

J'ai dit alors : — « Strophes de l'Ode, ô mes compa-
[gnes,

Eteignez ces foyers sacrilèges ! Jetez
Leurs cendres dans la mort immense des campagnes !
Enterrez leurs brandons sous le tuf des montagnes !
Et pour que l'œuvre soit vraiment belle, chantez.

Ouvrez votre grande aile aux plumes d'épouvante !
Faites la nuit sur ces autels et sur ces dieux !
Pour que ce lac, dans ses ondes enfin mouvantes,
Réverbère l'éclat des étoiles vivantes,
Et, double l'infini que veulent voir nos yeux !

*M. Charles Morice est un poète et un esthéticien
d'aspirations très hautes, en perpétuelle recherche d'une
œuvre dont il livre des fragments, et c'est un fragment
du* Rêve de vivre, *que voici.*

LA BONNE ROUTE (1)

Elle rêve d'un frais papillon
Qui vaste la frôle et la baise et l'enlace,
Se fait berceau pour l'endormir lasse
Et pour l'éveiller se fait rayon —

(1) Charles MORICE : Extrait du périodique *L'Action
humaine,* 1907.

Et de caresses qui seraient des musiques
Dans un souffle sur des lèvres bu —
Elle rêve la joie extatique
De sentir qu'elle ne vive plus : —

Qui soit très doux et un peu farouche,
Qui sache tout, sans avoir appris,
Qui donne ces baisers où fleurit
Toute et seule une âme sur deux bouches —

Qui l'aime ainsi qu'elle aime d'aimer,
Qui soit comme elle et pour elle et d'elle,
Si bien Lui, qu'il reste l'innomé,
Celui qui la cherche et qu'elle appelle.

Elle rêve l'accomplissement
De toute la beauté dans tout le délice,
L'unanime hosanna des quatre éléments
Dans l'ardente ivresse créatrice
Qui somme le monde au baiser des amants.

O cœur tenté d'amour, elle rêve ton rêve !
Le mot sacré que tu balbutiais s'achève
Dans cette voix, comme un écho nous répondrait
Qui saurait mieux que nous notre propre secret.
Allons d'où vient l'écho, mon cœur, d'où vient le tendre

Echo. Mais il se tait ! Oh ! tâchons de l'entendre
Encor dans les beaux bruits que propage le vent,
Et qui ne forment tous qu'un seul verbe vivant !

Demandons à tous les échos la bonne route.

M. Ernest Jaubert est un esprit varié, vibrant et curieux des formes savantes du vers, un artiste épris des couleurs dont nous irisent les heures de la vie, et qui veut en évoquer l'éclat. De ce poète, Mlle Blanche Albane va dire une

GLOSE

I

AURORE

Vers l'heure où, tel un éventail, le jour s'étend
— En des flots bleus, dorés par l'aurore future,
Un palais tout de marbre blanc va reflétant
Le rêve de son indécise architecture.

En des flots bleus, dorés par l'aurore future,
Se mirent, ciselés ainsi que des joyaux
Et gemmés du soleil levant aux rais royaux,
Flèches et clochetons sveltes à l'aventure.

Un palais tout de marbre blanc va reflétant,
Accoudée au balcon et saluant la vie
D'un long baiser d'espoir, la Reine-Enfant, ravie
De voir rosir au loin l'avenir qu'elle attend.

Le rêve de son indécise architecture
Surgit plus lumineux dans l'azur éclatant ;
Et palpite, on dirait, le cœur de la nature
— Ciel, terre et mer, et l'âme humaine s'exaltant, —

Vers l'heure où, tel un éventail, le jour s'étend.

II

CRÉPUSCULE

La nuit tombe, mélancolique, sur les choses.
En des flots lents et lourds où râle tel regret
Des rais royaux aux défuntes apothéoses,
Noir se mire le blanc palais qui se mirait.

En des flots lents et lourds où râle tel regret,
Tremble l'intermittent reflet de l'Enfant-Reine.
Les espoirs sous ses doigts, comme un collier s'égrène,
Se sont tous égrenés. Elle pleure, on dirait.

Des rais royaux aux défuntes apothéoses
Où flamboya l'amour, tes cendres, ô rancœur,
Ses yeux sont éblouis encor, mais dans son cœur
S'amoncellent, vestiges gris des flammes roses.

Noir se mire le blanc palais qui se mirait.
Ses fenêtres ceintes de roses se sont closes ;

Et la pâleur de la mort proche transparaît
Sur le front de l'Enfant où s'effeuillent les roses...

La nuit tombe, mélancolique, sur les choses.

*J'aurais encore à parler de nombreux poètes.
Mais l'heure s'avance. Ils sont trop. Nous y re-
viendrons. J'aurais voulu parler de Paul Claudel,
qui est un haut écrivain solitaire, d'Henry Bataille, dont les œuvres scéniques sont universelle-
ment connues, d'Adolphe Retté, qui a passé par
divers avatars, de MM. Tristan Klingsor, Albert
Saint-Paul, Louis Dumur, Paul Gabillard, Paul
Pourot, Gabriel de la Salle, Paul Redonnel, Théo-
phile Féret, et bien d'autres encore.*

*Laissez-moi vous parler de l'un de ceux qui ont le
plus lutté, le plus souffert, Paterne Berrichon, le
beau-frère d'Arthur Rimbaud, poète, peintre et sculp-
teur ; il est représenté ici, dans cette hospitalière
maison des Indépendants par plusieurs beaux
portraits. C'est à son dévoué concours qu'est
due l'institution des actuelles séances. Mme
Adoryan nous fera entendre, de P. Berrichon:*

LE MODÈLE

Dans le demi-jour blond du paravent rougit
La discrétion prude. Hélène, dégrafée,
S'y dévoile en s'aimant ; puis, telle qu'une fée,
D'un songe, radieuse et grande elle surgit.

Vers la table, sur un tapis morose et pâle,
Elle porte ses pieds gais comme des oiseaux ;
Et c'est un nénuphar sur de dormantes eaux,
Son corps, dès qu'il s'érige enveloppé d'opale !

Les flots de ses cheveux, lourds serpents noirs et fous,
Déroulent leurs anneaux sur sa gorge replète,
Rampent vers le pic brun de monts où se reflète
L'émoi rosé d'un noble cygne aux frissons flous ;

Son front d'ivoire, dans l'auréole d'ébène,
S'alanguit d'un penser égoïste d'orgueil,
Cependant que, mi-clos, intérieur, son œil
De jais en un long rêve ahuri se promène.

. . . .

Pourtant, dans l'atelier où des senteurs d'essence
Tamisent les divins effluves de la chair,
Un homme voit d'un œil insoucieux et clair
Poudroyer l'éclat chaud de cette déhiscence.

J'ai gardé pour la fin un poète anonyme. Celui-là, qui a dérobé au monde son nom, a voulu aussi lui dérober son œuvre. Il s'est jeté à corps perdu dans l'humilité absolue ; il a renoncé à écrire, et il a voulu détruire ses vers. Un poète ami, vibrant et dévoué, le comte de Larmandie, les a sauvés. Cet ami lui donna le nom d'Humilis. Cette action, la création d'une œuvre, parut au poète, amoureux de l'ombre et du silence, vaine chimère d'orgueil. Et il se reconnut apte à vivre dans la

*contemplation pure, comme un yoghi de l Inde ou
comme un saint érémitique. Qu'était-il devenu,
ce poète qui souhaitait passer sur la terre comme
un Benoît Labre épris d'épandre son esprit et
son cœur dans l'absolu, par un anéantissement
qui serait la porte des hautes et définitives ex-
tases ? Ses amis apprirent un jour qu'il était mendiant à la porte d'une cathédrale. Et, quand il
avait, dans sa journée, reçu des passants chari-
tables plus des dix sous nécessaires à sa subsis-
tance, il distribuait cet excédent à ses confrères
les mendigots de race. Ainsi, ce noble et tendre esprit s'effaça du firmament de l'art pour disparaître
dans la poussière des routes où traînent les che-
mineaux, dans l'abdication et la totale humilité.
Mais ceux qui s'abaissent seront exaltés, et vous
serez émus d'entendre M. Louis Bourny dire
de G. N. Humilis :*

FRATERNITÉ

Frère, ô doux mendiant qui chantes en plein vent,
Aime-toi comme l'air du ciel aime le vent.

Frère, poussant les bœufs dans les mottes de terre
Aime-toi, comme aux champs la glèbe aime la terre.

Frère, qui fais le vin du sang des raisins d'or,
Aime-toi, comme un cep, aime ses grappes d'or.

Frère, qui fais le pain, croûte dorée et mie,
Aime-toi comme au four la croûte aime la mie.

Frère, qui fais l'habit, joyeux tisseur de drap,
Aime-toi, comme en lui la laine aime le drap.

Frère, dont le bateau fend l'azur vert des vagues
Aime-toi, comme en mer, les flots aiment les vagues.

Frère, joueur de luth, gai marieur de sons,
Aime-toi, comme on sent la corde aimer les sons.

Mais en Dieu, Frère, sache aimer comme toi-même
Ton frère, et quel qu'il soit, qu'il soit comme toi-même

Nous avons passé en revue bien des survivants des temps héroïques, Nous en reverrons d'autres encore une autre fois. Lesquels d'entre eux auront exprimé avec une force réelle. et durable la conscience de notre temps ? L'heure n'a pas encore sonné de le savoir. Couronner les vrais héros, c'est l'œuvre du temps, de la Mort et des dieux.

Salon des Artistes indépendants

Troisième Entret'en (25 avril 1908)

La Phalange Nouvelle

par

Guillaume APOLLINAIRE

LA PHALANGE NOUVELLE

MESDAMES,
MESSIEURS,

Lorsque mes amis, les poètes Roinard et Michelet m'eurent fait part du dessein qu'ils avaient pris que l'on présentât en public et en trois entretiens, non seulement l'effort poétique d'une époque de la littérature française, mais aussi sa plus jeune promesse, et qu'ils m'avaient élu pour que je tentasse d'être en quelque sorte le prophète de cet avenir, ils ne voulurent point me dissimuler les difficultés de ma tâche.

La leur était mieux définie.

Il a connu les Maîtres et les Morts, Roinard, leur survivant, dont la face cornélienne atteste l'origine normande et pour lequel un public d'élite tresse une couronne glorieuse.

Il connaît les Survivants triomphants, Victor-Emile Michelet, dont la renommée proclame partout le nom avec les leurs.

Mais moi, je ne vous connais pas tous, jeunes poètes pour qui les temps sont encore héroïques, jeunes héros qui affrontez l'ingratitude universelle, et qui dans l'isolement vous élevez jusqu'à la poésie, au faîte de la pensée humaine.

*Je ne vous connais pas tous, et, pardonnez-moi,
mes inconnus, si mon ou e n'a pas été assez fine
pour percevoir le divin concert de vos voix lointaines. Pardonnez-moi, vous qui souffrez et qu'on
ne console pas; pardonnez-moi, vous qu'on ne
comprend pas, vous qu'on ne veut pas compren-
dre; pardonnez-moi de ne pas avoir découvert vos
retraites; pardonnez-moi d'ignorer la beauté de
vos harmonies.* (1)

*Je dois m'excuser aussi d'une omission volon-
taire, sur laquelle je veux m'expliquer. Je ne par-
lerai point de nos poétesses, dont les mérites sont
grands cependant, et qui sont nombreuses.
Voilà justement les raisons pour lesquelles j'ai
renoncé à les jeter pêle-mêle dans un discours où
je serai trop injuste envers les seuls poètes pour
risquer en outre de mécontenter des femmes charmantes et admirables. A aucune époque, je crois,
nous n'entendîmes, comme aujourd'hui en France,
tant de voix féminines former un chœur incomparable pour les ravissements que nous procurent
leurs accents passionnés.*

*Il aurait fallu qu'une quatrième conférence fût
consacrée à celles dont le cœur déborde de poé-*

(1) On m'a signalé quelques graves oublis. Mais, il est
trop tard pour les réparer. Certes, j'aurais dû parler de
poètes comme Camille Lemercier d'Erm, qui vient de ren-
flouer l'antique nef des *Argonautes*, Gabriel Volland, Henri
Bouvelet, Alfred Droin, René Turpin, J. Mercier, Malfère,
Valenton, Martineau, Jean Clary, directeur de *Pan*, une de
nos meilleures revues provinciales, etc. Je ne les connaissais
pas. Qu'ils veuillent bien agréer l'expression de mes regrets
sincères.

sie, dont la bouche murmure ou clame des chants parfaits, et pour lesquelles je professe une admiration sans bornes.

L'année prochaine, si la Société des Artistes Indépendants, qui nous a si généreusement accueillis cet avril, veut bien nous convier à célébrer encore la jeune poésie chez la jeune peinture, nous ne manquerons pas d'exalter de nobles talents féminins. Mais qu'on excuse mes scrupules de cet an, qu'on veuille bien considérer l'étendue de ma tâche et combien je serai court, parlant à peine de jeunes gens en qui l'avenir reconnaîtra peut-être le génie. La brièveté est l'injustice même, et, si l'équité d'Aristide était la cause de son bannissement, injuste à souhait je ne serai point exilé de la République des lettres.

MESDAMES
MESSIEURS,

Avant de parler de cette nouvelle phalange de poètes qui les comprend depuis ceux qui voulurent s'appeler les Naturistes jusqu'aux plus jeunes et aux plus inconnus, je veux qu'on sache bien ma pensée et ne point laisser subsister d'équivoque.

J'ai dit les raisons qui m'empêcheraient d'être juste. Eh bien, je mettrais de côté l'impartialité même plutôt que de renoncer à ce qui, étant mon goût, dépend de ma conscience. Je sacrifierai à des convenances historiques, mais avant tout j'ai consulté mes préférences.

4 **

J'en suis orgueilleux à plus d'un titre. Plusieurs des poètes que je préfère sont mes amis ; nos goûts ne diffèrent point essentiellement, et même une communauté de pensées et de méthodes nous a pour ainsi dire réunis. C'est qu'aucun parmi les jeunes poètes que j'aime, aucun, dis-je, ne se tient en dehors de la tradition poétique française.

Quelle serait la caractéristique d'une tradition, sinon la continuité ? Et, pour notre part, jeunes poètes, nous savons que nous ne nous égarons pas ; car les maîtres que nous aimons, que nous voulons continuer en conservant notre personnalité, et que, par un noble sentiment d'émulation, nous voulons surpasser, ils existent, ils vivent, ils sont en plein travail, en pleine gloire.

Entre Francis Vielé-Griffin, Gustave Kahn, René Ghil, Paul Claudel, Adrien Mithouard, Jean Moréas, Emile Verhaeren, Henri de Régnier, Francis Jammes, Maurice Mæterlinck, P. N. Roinard, Victor-Emile Michelet et nous-mêmes, aucune solution de continuité, la tradition est ininterrompue. Et tous ceux qui veulent créer se tournent d'abord pour saluer ces créateurs.

Au contraire, de quelle tradition peuvent se réclamer les jeunes gens qui, sans souci de création, tentent en vain de ressusciter les systèmes poétiques morts ? La tradition n'a pas eu lieu pour ceux qui se réclament du Parnasse ; la chaîne a été rompue. Où sont leurs maîtres ?

C'est aux Symbolistes que Verlaine et Mallarmé ont transmis la tradition, qui un moment était devenue le Parnasse. Les Symbolistes furent les premiers objets de nos enthousiasmes, et tous ceux qui, depuis 1895, ont créé de la poésie doivent de la reconnaissance aux maîtres aimés du Symbolisme.

Un journal italien, la Vita litteraria, *publiait, il y a quelques semaines, un article intitulé :* La poésie moderne est la poésie unique. *Et, mettant à part tout ce que cette affirmation contient d'exagéré, je ne suis pas éloigné de croire que les Symbolistes n'aient vraiment donné plus de force, plus de consistance, plus d'indépendance à la pensée uniquement poétique ; je parle du lyrisme.*

Les Symbolistes nous ont encore donné le vers libre, que Francis Viélé-Griffin appelait récemment une conquête morale. C'est la pure vérité. Le conquérant se nomme Gustave Kahn.

Les Symbolistes ont délivré la poésie captive de la prosodie, et, qu'ils le veuillent ou non, tous les poètes écrivent aujourd'hui en vers libres.

MESDAMES,
MESSIEURS,

Je n'ose point affirmer que la poésie moderne soit, en considérant les temps, la poésie unique ; mais je sais bien qu'aujourd'hui la poésie française est la poésie unique. Toutes les littératures de l'univers sont tournées vers elle, et la France doit cette supériorité à ces Morts que Roinard a commémorés, à ces Survivants qu'a exaltés Victor-Emile Michelet, à cette Phalange Nouvelle qui les continue et dont je dois vous parler.

La plus importante manifestation poétique qui, frappant l'esprit des jeunes gens de ma génération, se soit opposée au Symbolisme, dont elle découlait, s'est appelée : le Naturisme.

Il venait à son heure et séduisit beaucoup de nouveaux poètes. C'était avant tout comme indication, car le Symbolisme, à cette époque, traînait encore un encombrant bagage d'accessoires légué par le Parnasse, qui le tenait des Romantiques. Les Naturistes balayèrent tout cela. Puis, l'exaltation civique aidant, ils voulurent se mêler à la foule. Conscients de la nécessité d'une tradition et méconnaissant la tradition lyrique, les Naturistes se découvrirent fils du Naturalisme et choisirent Emile Zola pour leur maître. Roinard vous a déjà parlé de lui. Mais nos aînés, je crois, distinguent mal l'importance de cet homme.

Contraste étrange : tandis que ses nouveaux disciples, les Naturistes, descendaient dans la rue, confondaient parfois le lyrisme et l'art oratoire, le père du Naturalisme devenait l'ennemi du peuple — on l'en a bien vengé depuis — il s'enfermait dans la tour d'ivoire et n'en sortit plus jamais. Sans le savoir, il alla au Symbolisme, dont ce n'est pas la moindre victoire, et Robert de Souza a oublié d'en écrire le bulletin. Ce n'est pas le plus petit succès des Symbolistes qu'Emile Zola, dans ses derniers romans, dans ses livrets d'opéra, ait selon ses moyens recherché le lyrisme symbolique.

Je tiens à citer, parmi les poètes remarqués et aujourd'hui dispersés de l'époque naturiste : René-

Albert Fleury, qui fut un des seuls vers libristes de l'école ; Michel Abadie, dont l'inspiration pastorale a de la pureté et de la grâce ; Maurice Magre (1), dont la voix grave fait retentir de mâles accents selon les vouloirs d'une muse toute latine ; et surtout, Saint-Georges de Bouhélier (2), en qui les Naturistes reconnaissaient leur chef et qui est un grand et noble poète.

Après ceux-là, qu'on me permette de ne plus ranger les poètes par écoles. J'ai dit d'où ils viennent et je crois qu'ils ne seront pas fâchés si je reconnais que leurs personnalités sont trop différentes pour que les manifestes qu'ils se sont plus à écrire, ou simplement à contresigner, les contraignent à conserver toute la vie des étiquettes parfois gênantes.

Paul Souchon (3), qui fut un ami d'Emmanuel Signoret, acquit à ce contact une pureté sereine. Si son exaltation lyrique est moins intense que celle du Pindare provençal, il a des dons de composition plus grands et son lyrisme mesuré le place entre les Naturistes et le groupe des Léo Larguier, Louis Payen, Ernest Gaubert (4), auxquels on peut rattacher, sans les en faire dépendre, cet Olivier Calemard de Lafayette, qui mourut très jeune, Lucien

(1) Né à Toulouse, le 2 mars 1877.

(2) Né à Rueil (Seine-et-Oise), le 19 mars 1876.

(3) Né à Laudun (Gard), le 15 janvier 1874.

(4) Né à Saint-André-de-Sangonis (Hérault), le 27 janvier 1881.

Rolmer (1), dont le charme et la grâce sont adorables
et qui a trouvé des accents d'une suavité et d'une
tendresse uniques, Charles Derennes, Emile Des-
pax(2). L'élégance et l'inspiration de ces deux poètes
ont, à mon sens, plus d'un point de contact
avec le Symbolisme féminin, qui emporta si
facilement l'admiration populaire, ces dernières
années.

RUPTURE (3)

par Maurice Magre

Allez, détachez-vous sans chagrin d'un ingrat.
Je ne mérite pas ces souhaits, ni ces larmes,
Ni ces pressentiments, ni ces vœux délicats...
Mon amour ne vaut pas ce qu'il coûte d'alarmes.

Otez-le comme on ôte une bague d'un doigt,
Dont elle a quelque temps pressé la petitesse...
Comme la perle et l'or laissent un cercle étroit,
Qu'il ne reste de moi qu'un halo de tendresse.

Je ne suis pas si bon que vous avez pu croire.
Je ne sens vivement que mon propre chagrin ;
J'ai semblé compatir au mal d'autrui par gloire,
Et c'est par vanité que j'ai tendu la main.

(1) Né à Marseille, le 31 juillet 1880.
(2) Né à Dax (Landes), le 14 septembre 1881.
(3) Déclamé par M. RAMEIL.

Je n'ai su qu'affecter la joie ou la tristesse ;
Je regarde la vie comme dans un miroir...
Vos pleurs délicieux, vos charmantes faiblesses
Me faisaient m'incliner vers vous pour les mieux voir.

Et même dans vos bras, même dans l'harmonie,
Où nos mains, nos regards et nos cœurs étaient joints,
Même en parlant d'amour, un curieux génie
Me permettait de voir notre groupe de loin.

Dans les fleurs de vos yeux, par un don, une grâce,
On lisait librement votre sincérité,
Mais tous mes sentiments, à moi, avaient deux faces,
L'une à l'aspect menteur, l'autre de vérité.

Puis, au fond je n'attache à rien de l'importance,
A rien, même à l'amour... Ah ! partez, il est temps...
Mais surtout sans adieux... Quittons-nous en silence,
Car je n'ai pas de cœur... pas de cœur et !... pourtant...

CHANT D'AUTOMOBILE (1)

par Saint-Georges de Bouhélier

A nous, les bois, la côte et, tout trempés de mûres
Les taillis, et la pourpre en remous des labours,
La fondrière humide errant sous la ramure,
Et les halages gras qui mènent vers les bourgs.

(1) Déclamé par M. RAMEIL.

— Du fond mouvant des horizons voici que viennent
Vers nous, comme à l'appel surhumain de nos cœurs,
Tous les chemins multipliés au long des plaines,
Avec leur palmes d'or et leurs chants de vigueur.

Et désormais narguant les chutes où chavirent
Tour à tour les poteaux fantastiques et blonds,
Les bosquets ravagés de guêpes en délire,
Les enclos tout multicolores, — nous allons !

Nous allons, saouls de brise, et d'écumes, d'aromes,
De pétrole, de fleurs, de sables, de cris surs.
Et la fièvre qui met des flammes à nos paumes
Nous précipite aux pics levés vers les azurs.

Mais la cime soudain se renverse, — l'abîme
Se creuse, et tourne empli de brume ; fermentant
Nous glissons dans l'angoisse âpre qui nous opprime
Comme attirés par le jeu fort d'un sourd aimant.

Seigneur ! Où tombons-nous, Seigneur !—Un bleu glacis
D'eaux se lève, étalé en une longue nappe. —
Puis plus rien. — D'un seul bond nous voilà hors d'ici,
Et déjà quelque voie ardue au loin nous happe !

Le chemin se redresse, ondule, fuit, nous porte,
Et ravis du plaisir de délivrer nos freins,
Nous montons, dans un cri d'espérance plus forte,
Vers des hérissements lumineux de terrains...

Ah ! délice ! Pouvoir enfin parmi des lignes
Régulières de carrés d'herbes et d'étangs,

Sentir venir à soi sans que le regard cligne
Comme en chantant tous les courants calmes du temps!

Luzernes et gazons, comme l'on vous possède !
Comme à notre caprice on vous voit frissonner,
Vous, vaporeux coteaux que scie une pinède,
Et vous encor, volcans de laves couronnés !

Sans regret ni désir des choses disparues
Nous fuyons, bousculés de cailloux cahoteurs,
La mort court avec nous sur le pavé des rues.
Des anges vont pleurer dans les tristes hauteurs.

Mais que nous font à nous, les gestes de ténèbres,
Et les signes d'effroi de quelques vains limons !
Lequel peut nous toucher de leurs soupirs funèbres,
— Quand ce rauque ouragan nous secoue aux poumons !...

Les arbres sont couchés sous la rafale et crient.
Contre l'horizon noir fleuri de draps brûlants
Voilà que des tambours, exaltant nos furies,
Nous mènent, démontés et dans le vent, hurlants!

Environnés d'un bruit d'ailes d'or et de cloches,
Nous tournons nos destins vers les néants amers,
Et les pressentiments qu'éveille notre approche
Se lèvent sur les monts et la plaine et les mers.

Mais qu'importe ! — Aiguisez vos couteaux, feux des
[trombes !
Sur moi, foudre ! Eclatez, tempêtes de cailloux !
Effleurant des rochers que des soleils surplombent
Sans pâlir, déroulons les kilomètres fous.

Sans trembler ni frémir, risquant tous les vertiges,
Sous des crépitements de blancs grêlons glacés,
Dévalons et passons de prestige en prestige,
Dussions-nous, tels des pots d'écarlate, casser !...

Dussions-nous tout à coup, lancés là-haut, d'un bond
Fabuleux, nous trouver parmi les rouges laves
De ce soleil qui nous rôtit de ses charbons,
Ou, pâles, atterrir en ces lunes esclaves....

Dussions-nous atterrir en ces lunes de mort
Et perdus désormais voyager sous vos glaces,
Froids enfers, et souffrir de vos mornes remords,
Et rêver dans l'horreur blême de ces espaces....

— Activons ! Activons ! A nous ! A nous sans trêve
Les prés roses, le val et les landes d'ajoncs,
La colline où s'égoutte une aurore de rêve
Et la pente, et ce versant vert où nous plongeons....

SOUPIR AUX COLOMBES DU LUXEMBOURG (1)

par Paul Souchon

Augures de la paix durable et de l'amour,
Colombes blanches,
Vous vous teignez de la couleur du jour,
En passant sous les branches !

(1) Tiré des *Elégies Parisiennes* (*L'Effort*, 1902), et déclamé
par Mlle Jane EYRE.

Dans ce matin d'hiver où les ondes sont closes,
    Où les jardins sont nus,
J'ai le regret des myrtes et des roses
    Chers à Vénus.

Ah ! qui ramènera cette saison des fleurs,
    Des chairs dorées,
Et ces matins de sourire et de pleurs
    Couchés dans les rosées !

M'apportez-vous, colombes d'or et d'espérance,
    A vos becs rayonnant
Le rameau vert du printemps qui s'élance
    De l'Orient ?

Précédez-vous le vol tremblant des papillons,
    Les molles brises
Et l'innocente troupe des rayons
    Dans les sources surprises ?

Ah ! descendez bientôt à l'ombre des grands arbres,
    Sur les gazons nouveaux
Et roucoulez sur l'épaule des marbres
    Au bruit des eaux !

Que les jardins d'avril soient pleins de vos ébats,
    Colombes douces,
Enivrez-vous de jeux et de combats
    Dans les profondes mousses !

Et, si le beau printemps tente les amoureuses
Qui blessent notre cœur,
Inspirez-leur, colombes langoureuses,
Votre langueur.

ELEGIE (1)

par Charles Derennes

Nous avons écouté les cloches de l'automne ;
Fermez vos yeux en pleurs, voici la nuit qui vient.
Ame lassée au faix du rêve monotone,
Inclinez doucement votre amour vers le mien.

Vous me direz pourquoi vous pensez à des choses
Qui furent toutes d'or et toutes de soleil.
Hélas ! vous voyez bien au cœur même des roses
Des cétoines de feu boire leur sang vermeil.

Ne dites plus que l'heure en larmes vous oppresse ;
Accueillez doucement l'approche de la nuit,
Ma sœur, soyez la sœur de ce ciel en détresse,
Et vous serez divine et belle comme lui.

Et je vous aimerai plus encor sous les voiles
Que laisse la douleur sur ce front attristé ;
C'est au sein de la nuit qu'éclosent les étoiles,
Et c'est de la douleur que naît votre beauté.

(1) Extrait de l'*Enivrante angoisse* (Ollendorf, 1904), et
déclamé par Mlle Maud STERNY.

LES SUIVANTES (1)

par Emile Despax

La Princesse d'azur a perdu ses suivantes
Au bois où passe le furet.
Si la plus jeune était savante,
L'autre pleurait.

Celle qui connaissait la vertu des orties
Et des pissenlits des talus,
Avec l'eau peut-être est partie ?
On ne sait plus.

Ou la terre l'a prise... elle savait la terre
D'où sort la menthe et le cerfeuil.
Que voulez-vous ? c'est le mystère
Du mauvais œil.

Mais l'autre, qui gardait sur sa poitrine nue
Ses doigts toujours entre-croisés,
Chez vous qui donc l'a retenue ?
Est-ce un baiser ?

Ce n'est pas un baiser, Monsieur, c'est une larme.
Les larmes pèsent ici-bas,
Peut-être est-il là quelque charme,
On ne sait pas.

(1) Extrait de *La Maison des Glycines* (*Mercure de France*, 1905), et déclamé par Mlle Berthe GÉDALGE.

5

LE SECRET D'HÉLÈNE DE SPARTE (1)

par Ernest Gaubert

(Dans le Laboratoire de Faust).

O Faust, lève les yeux, regarde, je suis nue,
Sous le voile tissé d'hyacinthe et de lys,
Blanche, lisse et pareille à ces marbres pâlis
Et polis par la lune au fond d'une avenue.

L'odeur de mon aisselle enivre, quand je dors,
Ma propre rêverie, et, par delà les flammes
De la ville qui tombe, éveillerait ces morts
Dont le désir suivait mes genoux dans Pergame.

Si la peau de mes seins est plus douce au toucher
Que le duvet d'un cygne ou mes secrètes roses,
Tout mon dédain de femme, ô Faust, peut bien cacher
Une seule luxure, en un seul jour éclose.

Mais si, me renversant en arrière, j'étale
Ma chevelure où pleure un appel de flots bleus,
Quand je roidis mon torse aux deux larges fleurs pâles,
Tu vois bien que je suis plus forte que les dieux !

(1) Déclamé par M. Marcel OLIN.

Laisse ton livre ouvert où tu ne sais plus lire !
Mon lit est plus profond et plus plein d'infini
Que les veilles d'Egypte et que le chant des lyres.
Tout le bonheur du monde à moi s'est réuni.

Par toi seul si l'ardeur de ma chair est connue,
Tu devras renoncer à l'Eternel Retour,
Et je serai joyeuse et pâle et toute nue,
Prête pour accueillir, ô Faust, ton pur amour !...

. . . .

Car sache que le lit où je suis désirable
Est plus loin de la vie encor que le tombeau ;
Sache que cet amour est le seul véritable
Qui n'a de fin qu'en lui. Sache que seul est beau

L'isolement dans le divin, par la caresse !
Et des pleurs éternels sont peu devant ces pleurs !...
Pleurs d'amour, Dieu n'a pas de prix pour votre ivresse
C'est peu pour vous, l'éternité de la douleur.

LE CHANT DE L'AMOUR (1)

par Lucien Rolmer

Je rêve, ô mon amour, aux côtes de Phocée :
Les sylphes de l'azur brûlent en souriant...
Si je rouvre les yeux, la plage est effacée
Et je vois ton regard où monte l'Orient

(1) Déclamé par Mlle Maud STERNY.

Comme un roucoulement dans une tourterelle ;
Si je descends en moi, je retrouve l'ardeur
De cette vision où l'amour se révèle,
Une vague se brise et mon âme se meurt.

Quand tombe le désir au fond de la pensée
Elle en ressent parfois comme un déchirement ;
Je n'ai jamais souffert de t'avoir exaucée,
Je n'ai jamais souffert, pas même en ce moment !
Je me jette dans l'onde où ton souffle m'appelle,
Je te donne mon sang, mes forces et mon cœur,
Je ne sais si je vis, mais que la plage est belle,
Une vague se brise et mon âme se meurt.

Comme d'un trait de feu dont la terre est blessée
Ton être est envahi dans l'ombre par mon chant,
O Fleur du monde, ô toi qui fus ma fiancée,
O Psyché dont l'amour est le soleil levant !
Un horizon nouveau dans mon rêve étincelle :
O golfe de ma vie où flotte le bonheur,
Enchaîne dans tes bras le marin qui ruisselle,
Une vague se brise et mon âme se meurt.

ENVOI

Temple de Dieu, que cette nuit soit éternelle.
Entends les flots, entends l'amour et sa rumeur ;
La mer emplit mon sein que l'amour renouvelle,
Une vague se brise et mon âme se meurt !

Volontiers, je rattacherais MM. Fernand Divoire (1), qui compose des diatribes puissamment lyriques, Alexandre Arnoux (2), Tancrède de Visan (3), Maurice de Noisay à cet idéalisme anglais du XVIIIe siècle qui modifia si profondément la sensibilité universelle.

Le premier, j'ai déploré l'influence persistante de la littérature anglaise en France. Mais je dois avouer que, dans les cas divers des poètes que j'ai cités, elle vient imprimer son cachet à des qualités si continentales qu'elle n'est plus même en question.

M. *Alexandre Arnoux, qui a erré si mélancoliquement dans le décor automnal de son* Allée des Mortes, *est bien un Young ; mais son enthousiasme funèbre pousse vers la vie et non au suicide.*

M. *Tancrède de Visan, dont la piété éclairée a fait ressortir avec un tact si raisonnable toutes les beautés dans les chefs-d'œuvre de ses maîtres illustres a conçu son art comme un grand arbre* plongeant ses racines dans la nature pour s'élancer droit vers l'absolu.

M. *Maurice de Noisay a le même idéal. Sa fraîcheur ressemble à un printemps commençant, et sa poésie est parfois comme une extase.*

(1) Né à Bruxelles, le 10 mars 1883.
(2) Né à Digne (Basses-Alpes), le 27 février 1884.
(3) Né à Lyon, le 17 décembre 1878.

ALLONS, L'ORGUEIL ; ALLONS, LA VIE ! (1)

par Fernand Divoire

Allons, l'orgueil ; allons, la vie ; allons, l'espoir !
La fée attend. Quel est ton vœu, vil ou futile ?
      Que te faut-il ? filles, argent, pouvoir ?
Etre poète ! Toi ! Bien, enfant, sois docile.
A son tour, se lever, s'agiter, se rasseoir,
Et se faire un asile éternel d'une idylle,
Tu connais tout cela ? C'est bien, écris, enfant.
Mais, tu le sais, ta tête est peu de chose,
Et le Grand monde avec sa fin, avec sa cause,
      N'est pas entier logé dedans
Tout rose, noir ou gris, sombre ou fait de sornettes,
Pour toi dont le cerveau ne peut le contenir, .
Le monde à la couleur des verres de lunettes ;
Son infini s'arrête où ton cœur vient finir,
Et le Monde a le son de ta voix, qui le chante,
Puisque toutes les voix résonnent dans sa voix.
      Allons, chantez, harpes, lyres, hautbois,
Violons de Musset, grandes orgues de Dante,
      Cor de Vigny, le soir au fond des bois.

Redites l'air d'amour, de joie ou de détresse,
      Aimer, pleurer, souffrir, passer.
Et toi, suis-les docile à ton chemin tracé
Et mêle à leurs douleurs le cri de ta faiblesse.

(1) Extrait de *Poètes* (*Les Entretiens Idéalistes*), et déclamé par M. HERVÉ.

Les Instruments, dirigés par le Sort
    Font en souffrant, à grand effort,
    Ce que leur dicte le génie,
Et c'est d'eux tous qu'est faite l'harmonie.

LA DOUCEUR D'APRÈS-MIDI (1)...

par Alexandre Arnoux

    La douceur d'après-midi
    Fond en ombre crépusculine
    Où flotte une tiédeur câline. —
        A quoi songes-tu, m'ami ? —

    Ta main blanche s'infléchit,
    Blanche parmi les touches noires
       Et l'éclair brusque de l'ivoire. —
        A quoi songes-tu, m'ami ?

    Ma mémoire s'attendrit
    Et frissonne au souvenir d'Elle
    Qui tapotait « Les Hirondelles »
    D'un seul doigt, au clavecin grêle. —
    Tu ne m'aimes plus, m'ami.

(1) Extrait de l'*Allée des Mortes*, et déclamé par M. Charles DULLIN.

LES QUATRE ELEMENTS (1)

par Tancrède de Visan

Dis à l'air embaumé qui souffle sur ta vie
La candeur des glaciers et l'haleine de Dieu,
De chasser de ton ciel les nuages de lie,
Et d'aviver, au vent du soir qui purifie,
L'étoile de ton cœur dans les firmaments bleus.

Dis à l'eau bienveillante aux tâches journalières
De laver ton esprit et d'assainir son cours,
Le ruisseau sous la haie où dort de la lumière
Sois-le, sois la fraîcheur que versent les aiguières ;
Sois le jet d'eau qui chante au jardin de tes jours.

Dis au feu qui roussit les meules dans les plaines,
De brûler le pommier aux fruits peccamineux ;
Qu'il arde les roseaux des lagunes humaines,
Qu'il incendie, en préservant les bonnes graines,
La fausse ivraie, et que ton âme soit ce feu.

Dis à la terre aimée, à la terre docile
Aux rires du printemps comme aux pleurs de l'hiver,
De te laisser goûter à son âme d'argile :
Crée en toi la Nature, et que ton pouls fébrile
Saigne un cœur innombrable épars en l'Univers.

(1) Extrait de *Paysages introspectifs* (Henri Jouve, 1904), et
déclamé par M. Marcel OLIN.

ODE (1)

par Maurice de Noisay

Ah ! Douleur, frappe-moi, douleur,
A coups de hache dans mon cœur ;
A coups de hache et de cognée
Frappe, frappe encor
Et fais saigner
La jeunesse éternelle de mon corps.
Je t'ai connu avec la vie,
Vieux bûcheron ailé des corps
Qui venais dans les souffles embrasés du Midi
Au choc du fer, au cri du cor,
Et, sur ma chair à vif, soufflais ton âme en feu.
Des centaines de fois, tu me vins assaillir,
Surprenant de tes heurts mon sommeil bienheureux.
Mais je m'éveille pour te dire :
Frappe douleur que j'aie la joie,
De m'arracher à toi.

Des gens m'ont dit que j'ai l'air triste quand je dors :
Quand je dors, je me sens tellement près de la mort.
Mais, maintenant que j'ai lutté,
Voyez comme je suis fier et fort.
Que m'importe, si j'ai lutté,
Mon bras amputé ?

(1) Déclamé par M. Marcel OLIN.

Qu'importe que mon cœur gémisse,
S'il fut roulé dans les délices
Tourbillonnants du gouffre où les douleurs fleurissent ?
J'ai bu des philtres distillant
L'ivresse et le délire ennemi de la mort.
Mon âme est si légère et n'est plus qu'un élan,
Mon corps tourne, mon corps s'éploie et prend l'essor.
Et voici qu'un rêve s'élève
De ma vie à travers mes yeux ;
De ma pensée il monte un rêve
Qui fleurit et se repose près des cieux
Dans le balancement harmonieux
D'un grand lys étalant sa corolle
Au lac uni du grand ciel bleu.
C'est un lys élargi en nénuphar des eaux
Central et rayonnant comme un symbole
Là haut ;
C'est tout un monde calme et beau
Toute la paix, tout le repos
Et la stabilité suprême qui console
De la vie et du temps et des vaines paroles.

M. *Edmond Toucas-Massillon* (1), *possède le sens précis et très rare de la justesse rythmique.*

M. *Robert Maze* (2), *a une imagination compliquée qui déforme exquisement la réalité.*

L'exotisme de M. R. Vermandois est d'une nouveauté jamais irritante. Qu'il est loin de la

(1) Né à Toulon, le 10 janvier 1881.
(2) Né au Hâvre, le 4 août 1884.

morgue, de l'insolence de Henry J.-M. Levey, ce pâle poète malade qui envoyait à ses amis, pendant des croisières dans les mers lointaines, d'âpres Cartes postales, dont l'ironie lyrique trahissait le mal qui sans doute l'a emporté.

R. Vermandois ne connaît point non plus les terribles et rauques accents de Robert Randau, Ezéchiel de l'Algérie, qui pousse des cris effroyables et passionnés.

Mais nous aimons avant tout. dans la poésie de R. Vermandois et de Claude-Roger Marx (1), une riche mélancolie, une langueur délicate et voluptueuse.

« M. Henri Strentz (2), l'auteur du Regard d'Ambre, a dit Victor-Emile Michelet, a décelé une sincérité ingénue et profonde, une émotion qui se mêle tendrement aux haleines de la terre et des ciels. »

André Mary (3), poète sylvestre, nous convertit à sa phytolâtrie. Avec lui, nous adorons les essences forestières qu'il divinise. Il vit dans les hautes futaies, où le vent, les feuillages et les oiseaux prononcent des oracles merveilleux.

André Mary, doux bûcheron des profondeurs de la forêt, que la ramée vous favorise!

(1) Né à Paris, le 12 novembre 1888.
(2) Né à Paris, le 28 mars 1873.
(3) Né à Châtillon-sur-Seine (Côte-d'Or), le 20 novembre 1879.

PEUT-ÊTRE (1)

par Edmond Toussaint-Massillon

Telle qu'une fleur pâle qu'auréole
Un rayon de clarté dans l'âpreté des brises,
Amoureuse des cieux limpides, et qu'irise
Leur reflet dans l'azur nacré de sa corolle.

Telle je vous ai vue un jour. Votre âme frêle.
Quand vous m'avez parlé toute ma chair fut prise
Aux baisers de vos yeux qui grisent,
Aux caresses d'amour que sonnaient vos paroles.

Sait-on jamais pourquoi on fait les choses !
J'aurais dû vous cueillir comme on prend une rose,
Mais la fleur que l'on cueille est trop vite fanée.

Peut-être aussi, j'ai craint pour l'avenir
Et préféré garder, comme seul souvenir,
Le parfum de votre âme à travers les années.

L'ACCOMPLISSEMENT (2)

par Robert Maze

C'est maintenant. — Le thé servi sur le balcon
Fume... La ville immense, à mes pieds tout en fête,

(1) Extrait des *Ames encloses* (A. Messein, 1906), et déclamé par Mlle Berthe GÉDALGE.
(2) Extrait des *Poèmes et Interludes* (Sansot et Cie,
1908), et déclamé par Mlle Jane EYRE.

Met sa couronne d'or en la nuit qui s'est faite.
Un cri d'enfant, des voix, un chant d'accordéon,

S'éloignent ; le mystère envahit ma maison.
Pourtant, un rêve encor me retient et m'arrête
Sur la ville qui semble appeler ma conquête...
Quand soudain par derrière a retenti mon nom.

Un fin profil sur moi se penche ; une ai'e tiède, —
Un manteau de cheveux m'enlace auquel je cède.
Et mon bonheur vivant est là qui me sourit.

Il me parle, il m'invite à venir, il m'entraîne,
Et sa voix au passé me reporte attendri...
Un train siffle, des feux brillent ; l'heure s'égrène.

Et je souris du temps où j'en étais en peine.

A FLOSSY (1)

par R. Vermandois

In memoriam.

Une lettre de là-bas...
On l'ouvre sans presque y penser :
C'est de Chose ; il est là-bas !
« Il fait froid, dit-il, on va chasser.

(1) Extrait des *Sources folles* (E. Sansot et Cie), et déclamé
par M. Charles DULLIN.

Les canards commencent à passer,
Et il y a des loutres au Lac d'Or.
Les dernières goélettes quittent le banc
Et les premières glaces descendent du Nord.
L'hiver ! Bridges, bostons, flirts plus ou moins blancs.
Et, à propos, cette petite poitrinaire,
Tu sais, que tu trouvais gentille l'autre hiver,
Est morte. »

O petite Flossy, douce amie d'un instant,
Déjà l'oubli rongeait nos tendresses fanées,
Déjà l'oubli rôdait en mon cœur inconstant,
Eternel chemineau des rapides années.

Vers de nouveaux baisers se hâtant sans relâche,
Le désir vagabond galope à l'avenir,
Et, parmi les hasards où fuit sa course lâche,
Disperse le trésor des anciens souvenirs.

Morte, petite morte, est-il déjà si mort
Aussi ce proche hier, où, tremblante caresse,
Ton pauvre front si pâle en tes lourds cheveux d'or
S'en vint contre ma joue appuyer sa détresse.

Ah ! Voici que soudain le passé s'illumine :
Je te revois. Tu étais faible, Je t'aimais.
Et tu riais à mon amour qui te câline.
Et nous dansions. Et tu toussais. Et je t'aimais.

Je t'aimais, si jolie avec tes joues si blanches,
Où deux cercles subits rougissaient les pommettes.
Mais tes yeux souriant, d'une tristesse étrange,
Semblaient voir au delà, vers la mort qui te guette.

La Mort planait au ciel morne d'arrière automne
Et, croisant sur ton cœur tes pitoyables mains.
Tu regardais au bord de l'étang qui frissonne,
Crouler la neige lourde aux branches des sapins...

SOUVENIRS DE FLEURS (1)

par Claude-Roger Marx

Pour les yeux gris qu'hiver et brumes chagrinent,
Pour les grands yeux gris où la monotonie des larmes
                                        [bruine,
Nous cueillerons dans des corbeilles à pleines mains,
Des souvenirs de fleurs tout le long du chemin.

Et d'abord apâlies, les violettes de Virgile,
Les anémones au nom souriant et doux comme miel,
L'hyacinthe et les véroniques,
L'ancolie triste et les iris, les grands iris couleur du ciel.

Nous cueillerons les roses rêveuses qui énervent
Et nous font défaillir de les trop respirer,
Et choisirons, parmi les chrysanthèmes échevelés,
Ceux dont les ors se décolorent et se fanent.

(1) Déclamé par Mlle Maud STERNY.

Et sur le sable, où la mer basse lance ses vagues,
Nous chercherons au milieu des blanches guirlandes
[d'écumes,
Les tristes floraisons que l'iode parfume
Et les déroulements souples et lents d'algues marines,

Pour les yeux gris qu'hiver et brumes chagrinent..

L'AUBÉPINE CONNAIT MON CŒUR (1)

par André Mary

L'aubépine connaît mon cœur ; le prunellier
Raconte mon passé comme un témoin fidèle,
Et ma lointaine enfance errante, je l'épelle
Sur l'écorce du hêtre et les fleurs du sentier.

Tant de rus traversés, tant de côtes gravies
Et tant de jolibois fleurant dans le hallier
Composent un journal intime et familier
Où je lis, quand je veux, le récit de ma vie.

Je porte en moi tous les printemps vécus, l'émoi
Des buissons puérils courus des coccinelles,
Des vers luisants, le soir, dans l'ombre des venelles ;
Tout ce qui vit dans la campagne, vit en moi.

(1) Extrait des *Sentiers du Paradis* (E. Sansot et Cie,
1906) ; et déclamé par Mlle Maud STERNY.

Et toute la nature est mon prochain que j'aime
Et dois, selon la règle, aimer comme moi-même.

LES PAS (1)

par Henri Strentz

Les pas de mon amant, ô terrible bonheur !
Vont soudain retentir sur la route sonore...
J'ai peur de cette nuit ; accours, toi que j'adore !
Le ciel est étoilé comme un dais de malheur
Et sa splendeur se mêle à mon désir immense.
    S'il vient, je serai sans défense.

    Oh ! mon amour, écoute s'ils viennent,
    Ces pas, dont je mourrai contente,
    Ces pas qui sont toute ma peine!...

Les pas de mon amant m'oppressent de terreur
Quand ils troublent la nuit... Mais on marche, il me
                             [semble :
C'est Lui !... Non, c'est le vent qui dans les feuilles
                             [tremble.
S'il n'allait pas venir ?... Je sens mourir mon cœur ;
Tout dort, et rien ne vient hâter ma délivrance
    Et toute ma chair est souffrance...

    Oh ! mon amour, écoute s'ils viennent
    Ces pas, dont je mourrai contente,
    Ces pas qui sont toute ma peine...

(1) Extrait du *Regard d'ambre* (E. Sansot et Cie, 1906),
et déclamé par Mlle Berthe GÉDALGE.

*Léo Larguier et Louis Payen (1) sont liés par
la communauté de leur idéal un peu sévère.
La raison en est la gardienne, mais le goût la
commande. Pour ce qui est de Louis Payen, son art
a la noblesse d'un marbre antique, d'une statue
brisée. Et, le lyrisme raisonnable de Léo Larguier
nous vaut la poésie la plus tendrement virile, sans
doute, de cette époque.*

*Georges Périn (2), est-ce une flûte plaintive ? Ses
accents sont ravissants ; son hésitation est émouvante, et son espoir intense concentre sur chaque
objet la puissance de sa prière. Ce dévot nous
présente son âme comme un miroir exquis, et nous
transfigurons notre espérance en l'y mirant.*

*Eugène Fayolle (3) vit un rêve enchanté dont
les visions sont si concrètes, que la rhétorique
devient ici la réalité, et réciproquement.*

L'âme de Félicien Fagus (4) a subi, ces dernières

(1) Né le 13 décembre 1875 à Alais (Gard).

2) Né à Metz, le 1er novembre 1873.

(3) Né à Lyon, le 14 novembre 1875.

(4) Né à Bruxelles, le 22 janvier 1872. Il célèbre son origine dans ces vers touchants et pleins de foi :

     Fils du Champenois et de la Mancelle,
     Conçu dans Paris et né dans Bruxelle,
     Où Sainte-Gudule et ses tintements
     Cadença mon cœur et ses battements,
     Je demande à Dieu pour bonté suprême
     De m'ensevelir, et tous ceux que j'aime,
     Fini mon labeur d'amour et de foi,
     Notre-Dame de Paris, près de toi !

années, une terrible crise. Il s'est réfugié à l'Occident, revue qui, par contraste, dégage une vague odeur d'encens oriental. Ce poète a trouvé des accents puissamment lyriques pour crier le tourment de son âme, pour célébrer l'horreur sacrée des espaces inférieurs où tourne sans trêve la fatale route d'Ixion.

M. Louis Bourny, qui va nous dire des poèmes de MM. Léo Larguier, Louis Payen, Georges Périn, Félicien Fagus, n'est pas seulement un artiste dramatique du premier ordre, mais aussi un poète dont les mérites ressortiront lorsqu'il lui plaira de publier ses vers. Voici de lui un court poème dédié à M. Laurent Tailhade :

Je voudrais m'évader de la vie agissante,
Car je suis de ceux-là que meurtrit l'action ;
Je voudrais affranchir mon âme frémissante
Du joug de l'habitude et de la passion.

Lorsque je serai las des tourments de la terre,
Au faîte immaculé du mont le plus hautain,
Dans un isolement farouche et salutaire,
Je monterai parmi la brume du matin.

Je guetterai l'archer flamboyant qui s'élance
Criblant les cieux des flèches roses du réveil
Et je mourrai sous la caresse du soleil,
Dans la clarté paisible et le divin silence.

SUR LA MORT DE PIERRE DE QUERLON (1)

par Léo Larguier

Un orage nocturne écrase mon toit noir,
Et vous, mon pauvre ami, vous êtes mort ce soir.
Il fait lourd, il pleut fort, je suis là ; c'est la vie...
A mes pleurs s'est mêlée une goutte de pluie.
Derrière moi, celle que j'aime, en s'endormant,
A soupiré dans l'ombre et gémi doucement.
Quelques couples, surpris par la soudaine ondée,
Rient, traversant la place à présent inondée;
Une rose s'effeuille en parfumant encor
Ma chambre tiède, et vous,ami, vous êtes mort.
Naguère, nous parlions de choses bien aimées,
Je vous portais mes vers comme un faix de ramées ;
Nous soupions en nous regardant, et brusquement
Vous me laissez et vous partez. Que maintenant
Vous devez être loin de cette nuit d'orage !
Et dire que demain, avec votre visage
Qui souriait, et tout cela que vous aviez,
On vous enterrera. Vous n'aurez ni papiers,
Ni livres, ni tableaux, et votre vieille table,
Qui ne vous verra plus dira : « Le maître aimable
Est donc parti bien loin qu'il ne vient plus à moi. »
Malgré l'été naissant vous allez avoir froid,
Car la terre demain sera toute mouillée.
Et moi qui reste ici je verrai la feuillée,
Je vivrai, j'aimerai, je pleurerai demain,
Je marcherai, tenant la blanche et belle main

(1) Déclamé par M. Louis BOURNY.

De mon amie, et les sentiers seront pleins d'ombres.
La lune penchera sur les épaules sombres
Des monts diffus son rond visage d'argent clair,
Je souperai sous les lauriers, respirant l'air
Qui s'arrêta là-bas sur la vigne bleuie,
Je connaîtrai la joie et la mélancolie,
Et peut-être j'aurai, quand je viendrai vers vous,
Une tête de vieux aux cheveux blancs et doux.
Vous me direz : « Voici le funèbre domaine.
Ce mort qui va tout seul, près de cette fontaine,
C'est Virgile ; souvent je l'aperçois rêver.
Il m'a parlé le soir où je suis arrivé. »
Et vous me guiderez au pays taciturne...
Pauvre mort ! A présent de l'orage nocturne
Il ne reste plus rien, mais il doit être tard.
Bien qu'il ne pleuve plus, les frondaisons du parc
Font sur le sol un bruit monotone d'averse ;
Chaque arbre est en silence et chaque feuille verse
Ce qu'elle a recueilli de l'orage qui fuit...
Les lisières, demain, auront des coquelourdes ;
Mais vous, dans l'infini plein de ténèbres lourdes,
Avez-vous bien dormi votre première nuit ?

LE MORT (1)

par Louis Payen

J'ai ouvert lentement la porte de la chambre
pour que le jour timide et triste de décembre

(1) Déc'am? par M. Louis BOURNY.

entre derrière moi. Seul, le bouton de cuivre
met sur l'obscurité du bois son éclat vif ;
sur le tapis des souvenirs mon pas furtif
hésite de douleur, et je frémis de suivre
la blafarde clarté qui rampe vers la couche.
Les rideaux sont fermés ; une équivoque flamme,
comme il en monte auprès du lit des morts farouches
brûle les ténèbres autour de la veilleuse
et je tremble soudain, et je sens que mon âme
sur ma lèvre retient son haleine peureuse...
Il y a là un mort... Au creux des oreillers,
une forme s'allonge immobile, et je sais
que nul pouvoir humain ne pourrait l'éveiller.
Elle est blanche d'une candeur nouvelle, c'est
l'Amour fragile et pur que nous avons tué ;
mes doigts pieux veulent l'orner de pâles fleurs,
je ferai les libations qui purifient,
dans l'ombre protectrice et douce, avec mes pleurs.
Que meurent dans sa mort tous les bruits de ma vie,
et toutes les rancœurs, les dégoûts, les démences,
pour que s'élève, seul, aux plaines du silence
le lys tragique et beau de la mélancolie.

JEUX DE LUMIÈRE

La lumière joue au milieu des feuilles. Vois :
elle pose un baiser câlin sur chaque branche,
le vent dit son aveu rapide à demi-voix,
elle est légère comme un rêve qui se penche.

Elle glisse à travers les rameaux enlacés,
elle frissonne longuement en buvant l'ombre.
Et, sous la douce ardeur de ses feux abaissés,
elle oublie un sourire au bord de l'eau moins sombre.

Une feuille pâlit, chaude de volupté,
une branche infléchit vers moi toute la gamme
des verts tendres et lourds dont la pare l'été ;

tout s'assombrit soudain, et soudain tout s'enflamme ;
le vent est lumineux dans l'azur ; et mon âme,
comme les feuilles d'or, joue avec la clarté.

PETITE ENFANT (1)

par Georges Périn

Comme — fin bourdon — sur les mules en partance
Un fouet fleuri va, se repose et recommence,
Et danse en vifs lacis esquissés tout autour,
Sur tout ce qui se met en marche jour à jour
Virevolte et tournoie et plane mon amour.

Mon amour : cette émotion devant les choses,
Frôlement de la vie en camaraderie
Très tendre. Mon amour : la clarté qui se pose
De mes yeux, de mon cœur, partout, ivre, en folie !...

(1) Extrait de *La Lisière blonde* (E. Sansot et Cᵢₑ, 1906),
et déclamé par M. Louis BOURNY.

Sur ce qui se décide et tremble autour de nous,
Il claque et tourbillonne, et flotte en l'air fluide,
Et du côté de l'avenir bondit très doux,
Comme le jeu du fouet qui file au long des guides.

Il est sonore, et il s'empresse, et il zigzague,
Enchantant l'effort d'aujourd'hui et de demain ;
Et il est comme une aile fraîche allant, venant,

Comme une banderole d'air sur le chemin,
Où la Beauté du monde aux chers pas, — frêle enfant
Partie au point du jour de tournant en tournant,
La tête pleine d'une ivresse exquise et vague —
Court, regardant glisser des rayons dans ses bagues...

Mon amour ! Il s'enlève et tourne et fait son bruit,
Léger sur l'en allée humble et indéfinie,
Des destins minute à minute, et de la vie...
Mon amour, où s'enroule et déroule Aujourd'hui,
Sous la course des ciels humains, va, danse et luit...

Mais toi, petite enfant dont les yeux me demandent
Ce qu'il faut qu'en ton cœur tu mettes chaque instant,
Plus loin que moi, tu iras sur la route grande,
Tu iras avec ta conscience tremblante
Comme une aile — et tu regarderas au tournant.
Il y aura toujours des choses en partance.
Et, par-dessus — ton clair amour il y aura.

Et je serai content si je suis un peu là,
Si je l'ai fait un peu, cet amour de demain,
Et plus beau que le mien qui tourbillonnera...

CIRRUS (1)

par Eugène Fayolle

L'aube dorée au ciel avait fait une brèche
Ainsi qu'aux étangs plats qui miraient en leurs eaux
L'azur d'avril plein de nuages et d'oiseaux.
De cette matinée éblouissante et fraîche.

Souviens-toi. La Nature était comme une crèche :
Les Vaches de l'Aurore y plongeaient leurs naseaux ;
On entendait leur pas à travers les roseaux
Et le ruminement contre leur langue rêche.

De la colline à la montagne, éperdument,
Dans l'extase ambiante et le ravissement,
Une joie émanait des choses reposées.

Et toi-même, fus prise au vertige joyeux,
Ayant vu, sous l'éclat des cieux et des rosées,
L'allégresse du monde au miroir de mes yeux.

TÉNÈBRES (2)

par Félicien Fagus

La terre craque et fume et l'air inerte meurt
       Tout sombre, il n'y a plus de ciel ;
Tout ce qui vit, halète et souffre, une torpeur
       Couve l'angoisse universelle.

(1) Déclamé par M. Marcel OLIN.
(2) Extrait d'*Ixion* (*La Plume*,1903), et déclamé par M. Louis
BOURNY.

5 **

L'ombre en nos cœurs, la nuit et ses venins obscurs,
    Suinte et les malsains soleils ;
L'orage insulte l'air le soleil et l'azur :
    Défends-nous, défends-toi, soleil !

Aïeul toi de nos pères, époux vrai de nos femmes,
    Fiancé de tous nos enfants,
Désir de notre souffle et branle de notre âme,
    Soleil, inextinguible amant !

Voici l'ombre néfaste, affreuse et délétère,
    Son spectre s'accroupit sur nous :
Défends-nous, défends-toi, soleil, magique frère,
    Relève-toi, sublime époux.

Vois, l'herbe du ravin t'implore exténuée,
    Et, qui défaille, le ruisseau,
Et, dans l'air où rampe la horde des nuées,
    S'éteint la plainte de l'oiseau.

Le sol râle de soif et d'amour et d'attente,
    Contente sa fièvre harassée ;
Implante aux seins gonflés la blessure éclatante
    De son foudroyant baiser !

L'eau, la bonne eau, l'eau prolifique et nourricière
    Peine sous le nuage sourd ;
Les vents clairs sont captifs, captive la lumière,
    Et l'univers qui meurt d'amour.

L'ombre s'attroupe, elle escalade ta fortune,
    Perce ses croupes de tes coups,

Déchire les nuées, et que ta foudre écume.
   Délivre l'eau, délivre nous !

Déclos les vents ailés, déflagre l'incendie,
   Incendie le ténèbre épais,
Tes coups accoucheront l'universelle vie
   Avec l'universelle paix.

Et l'eau ruisselle en chantant sur la terre,
   Et la lumière par le ciel :
Ta grâce fera luire aux mondes en prière
   Le gage de ton arc-en-ciel.

On sait que les grands poètes français d'origine étrangère ne sont pas rares. Nous avons aujourd'hui : Jean Moréas, Francis Viélé-Griffin, Stuart Merrill, Emile Verhaeren, F. T. Marinetti, Ricciotto Canudo, etc.

F. T. Marinetti (1) est avant tout un poète épique. Son talent ne va pas sans quelque analogie avec celui de Robert Randau, dont j'ai déjà parlé. Mais il a moins de sauvagerie, et sa sensibilité est plus voluptueuse. Il a consacré une glorieuse revue, Poésia, *à l'exaltation de l'universelle poésie.*

Ricciotto Canudo (2) est un poète philosophe, chez qui la méditation n'apaise point l'ardeur lyrique. Epris d'art théâtral, il a tenté de réaliser dans sa Trilogie méditérranéenne *une sublime conception de la tragédie. On peut ranger Ricciotto*

(1) Né à Alexandrie (Egypte), le 24 décembre 1879.
(2) Né à Gioia dal Colle (Italie), le 2 janvier 1879.

*Canudo parmi les plus enthousiastes de son épo-
que, et son courage artistique est au-dessus de
tout éloge.*

LE SOIR ET LA VILLE (1)

par F. T. Marinetti

La Ville était murée d'orgueil et de soleil...
La Ville, méprisant la nocturne épouvante
Qui montait du lointain à l'assaut des clartés,
Hérissa tout à coup d'une main rutilante
Le faisceau résonnant des clochers vers le ciel,
Et les clochers, brandis comme des lances noires,
Meurtrirent la chair lasse et auguste du soir.

Et le Soir fut blessé et sa voix d'or se tut...
Et sa chair pantelante et gorgée de douleur
S'affaissa vers la Ville, au chant flou des ramiers.
Les clochers ingénus eurent des larmes bleues
Pour pleurer sur le crime éperdu de leurs pointes.
Et la Ville grisée d'orgueil et de mépris,
Toute angoissée d'entendre au loin pleurer le Soir,
S'accouda sur la plaine pour attendre la nuit.
Et sa face fardée de sang et d'épouvante
S'abreuva dans le fleuve qui se mélancolise
A charrier les pierreries des grands nuages
Et le reflet des lances que son onde amenuise.

(1) Extrait de la *Ville Charnelle* (E. Sansot et Cie, 1908), et
déclamé par M. Marcel OLIN.

Alors, le Soir meurtri, haletant sous le poids
Des ténèbres immenses, leva sa face triste
Vers la ville, et pensa qu'au lendemain du crime,
Les pauvres pris d'horreur abaisseraient la voix
En voyant son sang rouge aux murailles sublimes.

Penché sur les torrents qui se décolorent,
Le Soir remplit d'une eau plaintive sa gourde d'or,
Et lava d'un grand geste les taches criminelles,
Car le Soir pardonnait à la Ville cruelle.

Il s'en alla meutri, avec au fond des yeux,
Une pitié suprême... et son pas s'alanguit
Pour ne point écraser des astres dans les cieux.
Et les cloches moururent avec des larmes bleues.

LA PLAINTE DE DÉJANIRE (1)

par Ricciotto Canudo

DÉJANIRE

se lève tout à coup, et, le regard fixe et les gestes saccadés
demeure comme dans la fièvre du délire prophétique :

Alcmène, je veux tout dire à ces hommes, qui livrent
à nos regards leur chair, rouge de leur valeur.
Homme ! Ah !... Vous voyez la plus malheureuse des
[femmes,

(1) Fragment de *la Mort d'Hercule*. — IIe Tragédie (Héroïque) de la « Trilogie Méditerranéenne », déclamé par Mme Cœcilia VELLINI.

car aucun sort, plus que le mien, n'est douloureux,
le sort qui me voit pleurer le matin, lorsque l'aube
blanchit la face de mes enfants endormis,
et dans les murs étroits de ma chambre éteint les té-
                                        [nèbres
immenses de la nuit où je n'ai pas dormi !
Ce sort est triste plus que celui qui m'attend le soir
Au milieu des chemins qu'en vain j'ai parcourus,
et où je pose ma fatigue, lorsqu'enfin les flèches
du Soleil vont tomber derrière les nuages
noirs, noir bouclier de la lourde et effrayante nuit.

ALCMÈNE

Déjanire !

DÉJANIRE

Le jour où le Héros brisant la corne
(ce ne fut pas pour moi la corne d'abondance !)
renversant le rival, un pied sur son flanc appuyé,
se tourna vers moi, encor tout palpitant,
ouvrit sur moi ses yeux immenses, luisants, et très doux
comme ceux de l'enfant qui apprend à marcher.
il me sembla que, dans sa bouche vermeille, ses dents
étaient comme un grand jour éclatant de soleil.
Je fus toute troublée alors dans mon âme de vierge,
tandis qu'on m'entraînait dans l'hyménée sacré.
Mais, dès le premier jour, ma triste fortune d'épouse
fut jetée sans pitié sur son fort bouclier.
Il l'entraîne où il veut, où je ne sais, où je ne puis
le suivre, et où jamais je ne puis le rejoindre.

ALCMÈNE

Déjanire !

DÉJANIRE

Je suis la plus malheureuse des femmes.
Il vient, de temps en temps, mais pour mon grand tour-
[ment,
car il porte sur lui son silence ainsi qu'un fardeau.
Et le silence semble orner son fier visage
ainsi que la parole éclaire la face de l'orateur.
Et de son lourd silence est fait son fier salut.
Moi j'allume le feu, pour lui tout raidi de fatigue.
Mais, lorsque le feu bruit d'une joyeuse voix,
et remplit la maison, la triste maison, de lumière
et de nouvelles voix, de nouvelle espérance,
et que mon cœur se fond ainsi que l'hiver au printemps,
il tend ses mains à sa massue et à son bouclier,
et, regardant loin, au delà de mes yeux, de nos murs,
il va où je ne sais, où je ne puis le suivre !

Et le jour, je mendie. Et les étrangers, déposant
les pains blonds et les fruits dans mes mains tendues à l'au-
ne savent à quel prix misérable tous achètent [mône
cette vue de mes mains, de mes pauvres mains enfin
[humbles,
des mains que le puissant Héros de la Grèce embrassa !

Ah ! le bois d'Arcadie et l'Argolide, qui virent
les Prétides hurler, ivrés de leurs grandes douleurs,
ne connurent jamais une si terrible douleur.
Seule et sans secours, je nourris de mensonge mes fils,

s'ils demandent où leur père emporte leurs pauvres
[amours.
O hommes de ma race! un souffle est la force d'Hercule,
souffle de sables chauds, qui se lèvent en nous
[aveuglant.
Il tue lorsqu'il regarde. En me regardant, il me brûle,
et!... de loin, je le sens... le grand souffle de son ardeur.
Hercule ! hèlas!... il s'en va en me traînant de loin,
toute brûlante... où je ne puis jamais l'atteindre.
Il m'a laissée ainsi que la mort laisse les cadavres,
avec les yeux qui ne voient plus : morts ! morts !...
[Hercule !

Paul Fargue (1), *de qui nous attendons depuis longtemps un livre, passe pour avoir renoncé à la poésie. Quelle erreur ! Ce poète, dont, il y a une dizaine d'années, les vers manuscrits ou dactylographiés couraient de main en main, étaient lus avec admiration, n'a point cessé d'être un poète. Plusieurs de nos aînés, André Gide, par exemple, savent par cœur des vers de Paul Fargue. Ce jeune homme a gâté plutôt la génération qui le précédait que celle qui l'a suivi, et peu d'entre nous connaissent son œuvre. Son nom paraissant dans cet entretien est comme le signe d'une résurrection.*

Les vers que l'on va entendre ont été choisis parmi ceux de l'époque où, en compagnie de

(1) Né à Paris, le 4 mars 1876.

Maurice Cremnitz qui a trop tôt renoncé aux lettres, il plaisait à M. Paul Fargue d'inspirer de l'admiration à ses contemporains. Mais je sais que depuis il s'est recréé une prosodie semblable à l'ancienne.

POÈME (1)

par Paul Fargue

Un jour au crépuscule, on marche après la pluie
Le long des murs d'un parc où songent de beaux arbres.
On les suit longtemps... l'heure passe
Que les mains de la nuit faufilent aux vieux murs.

Mais qu'est-ce qui vous trouble au fil de l'heure pâle
Qui s'ourle aux mains noires des grilles...
Ce soir, le calme après la pluie a quelque chose
Qui fait songer à de l'exil et à la nuit...

On entend le bruit nombreux
Des feuilles partout
Comme un feu prend...
Des branches clignent... Le Silence
Epie,
Et il passe des odeurs si pénétrantes,
Qu'on oublie qu'il y en ait d'autres
Et qu'elles semblent l'odeur même de la vie...

(1) Déclamé par Mlle Maud STERNY.

Plus tard, un peu de soleil dore,
Une feuille et deux et puis tout...
Alors l'oiseau nouveau qui l'ose le premier,
Après la pluie,
Chante.
Et comme une âcre fleur sort d'une lampe éteinte,
Il monte de mon cœur l'offrande d'un vieux rêve...

Un rayon rôde encore à la crête du mur,
Glisse d'une main calme, et nous conduit vers l'ombre...
Est-ce la pluie, est-ce la nuit,
Au loin, des pas vieux et noirs,
S'en vont
Le long des murs du parc où les grands arbres songent.

*Les liens d'amitié qui m'unissent fraternelle-
ment aux poètes qui suivent, m'autorisent à en
parler plus longuement, et c'est avec eux que,
pendant un an, je pus faire paraître le* Festin
d'Ésope.

*On se souvient encore quelquefois, parmi les
jeunes gens, de la remarquable campagne que
mena M. Henri Hertz* (1), *dans* La Critique des
Livres. *Ce poète savait parler des poètes. Sa critique
des poèmes était pénétrante, écrite avec amour. Mais,
avant tout, Henri Hertz est un poète, un poète
marin. Son âme, que composent sans doute les
âmes de Corbière et de Laforgue, a les caprices de*

(1) Né à Nogent-sur-Seine, le 17 juin 1875.

l'océan qui fluide et immense, vit partout à la fois, qui dort, qui se réveille, qui court à l'assaut des récifs, qui bondit dans les abîmes. La mer n'habite pas seulement les gouffres qui lui paraissent destinés; elle déborde et engloutira l'une après l'autre toutes les villes. Les nuages la portent et la secouent en pluie, en grêle, en neige. Elle relie la terre au ciel.

Lorsqu'Henri Hertz eut fait paraître son recueil de Quelques vers, il l'envoya aux poètes célèbres, aux écrivains illustres, aux critiques orgueilleux et aux Revues !

C'est l'usage.

Les Revues ne parlèrent point de Quelques vers, et il ne se trouva dans Paris, dans la France tout entière qu'un seul homme, M. Paul Adam, qui prît peïne d'adresser à Henri Hertz sa carte de visite, sur laquelle il avait fait écrire un banal compliment. Et cependant, il s'agissait là de poèmes d'une force et d'une puissance trop rares aujourd'hui.

On n'a pas été beaucoup plus juste envers André Salmon (1). A part l'exquise nouveauté de ses accents, ce poète, tour à tour charmant et étrange, a une éloquence languide qui supportera les atteintes du temps. André Salmon connaît cette ineffable union de l'harmonie de la forme et de la propriété du langage. Son lyrisme a une jeunesse que je crois éternelle. André Salmon est un des

(1) Né à Paris, le 4 octobre 1881.

fondateurs de Vers et Prose, *périodique admirable, véritable monument que Paul Fort, miraculeux lyrique, élève à la gloire de la poésie contemporaine.*

La poésie de Nicolas Deniker (1) *est comme un lac limpide et lumineux; c'est un miroir sans tache, ou mieux encore, de la neige, de la prière, c'est une poésie angélique. Les harpes célestes sont moins harmonieuses.*

La renommée viendra bientôt prendre Max Jacob (2) *dans sa rue Ravignan. C'est le poète le plus simple qui soit, et il paraît souvent comme le plus étrange. Cette contradiction s'expliquera aisément, lorsque j'aurai dit que le lyrisme de Max Jacob est armé d'un style délicieux, tranchant, rapide, brillamment et souvent tendrement humoristique, que quelque chose rend inaccessible à ceux qui considèrent la rhétorique et non pas la poésie. Le sens que Max Jacob a de la beauté et de la bonté ne parvient pas à le rapprocher des poètes qui cherchent l'éloquence misérable, et lui reprochent de se laisser détourner de la lucidité par de spécieuses pensées.*

(1) Né à Meudon (Seine), le 24 janvier 1881.
(2) Né à Quimper, le 15 juillet 1877.

SUR LA GALÈRE (1)

par Henri Hertz

Fugace courant de votre sexe, ô chiennes !
La langue déployée, ouvrant leurs feux d'hyènes,
Les chiens, à l'ancre, attendent et geignent.

« Un jour encore. Un jour ! Le temps se hâte.
L'occasion va s'échapper
Elles ne seront bientôt que la vie houleuse qui
[s'empâte
Sans courant pour nous happer.

Mais, moi, ma belle amie, qui ne suis qu'un homme,
J'ai toute ma vie pour attendre, en somme.
Tu peux t'enfermer, me laisser errer
La mâture désemparée,
Il n'y a pas d'instant à saisir
Pour l'humain amour :
La passe est toujours ouverte ; nos loisirs
N'ont qu'à s'ébattre autour.

Partez, comblez votre lit d'amants ;
Il viendra bien un moment
Où l'amoureux voyage,
De nuage en nuage
Vous ramènera par le travers de mes serments.

(1) Déclamé par M. Marcel OLIN.

6

J'entrerai, madame, dans le port de votre cœur ;
Je ne suis pas un chien qui compte l'heure.
J'entrerai avec le calcul insultant d'un corsaire
Qui se fait payer sa patience en butin.
Ne croyez pas que le temps vous sert,
Ni que l'envie d'une femme s'éteint.

Je connais trop vos récifs, hallucinants périls ;
Vos mains écumeuses, vos bagues qui y brillent
Comme des îles !

Aucun pays n'effacera de mon rêve
La secrète route qui pénètre en vous :
La nature ne fait point de trêve
Aux femmes traquées par de sages fous.

Adieu, si vous le voulez
Mais, ah ! que cet adieu reste vain !
Préparez les larmes que je ferai couler ;
Mettez déjà sur votre bouche
Les mots, captieux parfums,
Qu'accoudé dans votre couche,
J'aimerai regarder brûler !

LE FESTIN SOUS LA LUNE (1)

par André Salmon

Aux flammes de ballons orange,
Pareils au turban d'un rajah,

(1) Déclamé par M. Marcel OLIN.

Des artistes boivent et mangent,
Et plus d'un est ivre déjà.

Comme des filles qu'on dégrafe,
S'effeuillent trois rosiers tortus,
Mais l'eau claire dans la carafe
Ajoute un parfum de vertu.

Si l'un suit la chute des roses,
Parmi le clair de lune bleu,
L'autre moins fou ne se propose
Que d'allumer sa pipe aux cieux.

Une rousse rêve, accoudée,
Et je lui pressens le destin
D'une reine dépossédée,
Ivre d'un orgueil clandestin.

Mais, puisque sa nuque se penche
Sur le linge étoilé d'alcool,
Je dois presser sa molle hanche
Et surprendre sa lèvre au vol.

Le plus noble fils de Pindare,
Par caprice ou par appétit,
Pétrit bien un bras d'ambre rare
Sans en être plus diverti.

Un fleuve coule au pied des saules
On entend respirer ses eaux ;
La nuit qui courbe nos épaules
Est pleine du chant des roseaux.

Qui rode ? Le feu d'un cigare
Brille, monstrueux œil sans cil,
Comme un falot dans une gare
Entrevue un soir, en exil.

Et ce jet d'eau qui ne se lasse,
Honneur de ce jardin français,
Vit parmi nous, bien qu'il s'efface,
Tel un cœur à jamais blessé.

Nuit des fous et des somnambules !
Nuit des esclaves reposés !
Nuit des tonnantes libellules,
Que sont les astres naufragés..!

Nuit blanche de ceux qu'on va pendre !
Nuit des larrons, des déserteurs,
O nuit dévorante, ô nuit tendre
Où je vois si clair en mon cœur !

C'est mon sort que je lis en songe :
Je vois un miroir suspendu,
Tout chargé d'une nuit que ronge
Un rayon oblique et têtu.

Il nous reste du vin, poètes !
Et des roses pour vos cheveux,
O belles inclinant la tête
Sous le désastre de nos yeux.

PROLOGUE (1)

par Nicolas Deniker

L'azur tisse en clartés les neiges de l'hiver.
Salut, bons voyageurs ! Adieu, belles passantes !
Mon âme roule en vous, comme un fleuve en la mer,
Mon âme éparse aux cris limpides des tourmentes.

Le soleil luit partout malgré le vent féroce.
Le splendide printemps sourit comme autrefois,
Et chacun va dresser vers les arbres sa force,
Et la vie a tremblé sous les certaines lois.

Immenses sons ! jaillis, cantilène d'enfants ;
Nous viendrons t'écouter avec des yeux plus calmes,
Et je te verserai les souffles de mon chant,
La bénédiction lointaine de mes palmes.

Que de femmes riant abandonnent mes treilles,
J'entends déjà mourir la douceur de leur pas,
Mais j'ai pu recueillir le rêve des abeilles
Et les lampes du soir ne me troubleront pas !

Accompli, le destin des féeriques tombeaux,
En poudre, souvenir de rouges épopées,
Il ne nous reste plus que la terre et les flots
Avec les cieux, ouverts aux flammes envolées.

(1) Déclamé par Mlle Berthe GÉDALGE.

Les rosiers du monde éclosent sans seigneurs
De leur jardin de verre où l'éternité danse.
Parfums, couleurs, frissons, glissent parmi les fleurs
Dans l'harmonie obscure et vaste du silence.

LA CRÉATION (1)

par Max Jacob

La nuit n'était pas complète dans la salle, puisque nous lisions tous les regards comme la page d'un livre.

La danseuse parut : nous étions tes amoureux, robe violette, et les amants du double arc-en-ciel qui l'entourait.

Autour de l'arc-en-ciel, il y eut une chaîne de chérubins, archanges sans corps ni âmes.

Et notre regard était à toi, déesse de la nuit, mais nos pensées étaient au philosophe de l'avant-scène :

« Toute matière fabrique de l'esprit, disait-il, et la « matière humaine fait de l'intelligence; mais combien faible est l'essence de Saturne, si son anneau « n'est pensée ni matière. »

ANECDOTE INVRAISEMBLABLE

Mon frère l'Africain sortit se battre dans la cour avec M. Scalp. Près du comptoir chargé de bouteilles, au milieu de gestes lascifs, les femmes coupaient

(1) Déclamé par M. Marcel OLIN.

des citrons. Une table fut renversée, et la cathédrale, derrière les arbres de la caserne, semblait effrayée du tumulte. Or, un évêque, mitre en tête, parut à cheval, et les hommes cessèrent de se battre et les femmes de boire, et les gymnastes eux-mêmes cessèrent de tourner.

La gloire de John-Antoine Nau grandit chaque jour. Notre aîné par l'âge, John-Antoine Nau, est regardé comme leur maître par beaucoup de jeunes poètes qui l'admirent sans l'imiter, car c'est le propre d'une telle poésie d'être inimitable. Ces ondes poétiques ont une telle pureté, que cè serait un sacrilège que d'usurper le droit sacré de John-Antoine Nau sur son art : une poésie large, humaine, grave, charmante et comme lointaine.

Jules Romains (1) possède une imagination ardente dont la faculté créatrice s'est exercée et s'exercera encore, même en dehors du domaine de la poésie. Et l'unanimisme n'est pas seulement un mot qu'il a inventé pour se singulariser. C'est réellement une discipline que s'est choisie cet esprit audacieux, et je suis bien certain d'avance qu'elle ne lui causera jamais aucune gêne.

(1) Né à Saint-Julien-Chapteuil (Haute-Loire), le 26 août 1885.

LA LOINTAINE (1)

par John Antoine Nau

Brune comme les soirs d'ouragan et si pâle
Q'un ivoire est brutal auprès de l'or caché
De ta joue, il te faut le désespoir qui râle
Pour que tu daignes voir l'amant jamais aimé,
Tu languis, dédaigneuse, en ton donjon lunaire,
Ou penchée aux créneaux qu'atteignent les cyprès,
Tu contemples la nuit ton domaine ordinaire,
Où se tissent pour toi de longs tulles nacrés
Faits de rayons d'un triste éclat, frêle et mystique,
Et ta forme a le flou d'une apparition ;
Le vent faible module un semblant de cantique
Plein de terreur divine et d'adoration.

Mais tu railleras bien, la légende naïve :
La Vierge froide et blanche éclairant les voyants...
... Délicieusement souriante et pensive,
Tu sais de noirs combats et des amours criants.

Tu sais, là-haut, bien haut, dans une étrange nue,
D'impossibles amours fabuleuses, les *Vraies*...
... Et le regret âpre et furieux exténue
Ton cruel petit cœur où germent des cyprès.

(1) Extrait de *Vers la fée Viviane La Phalange*, 1908), et déclamé par Mme Irma ADORYAN.

Ces amours-là contiennent tout : l'essor des voiles
Sur l'océan, — les pleurs vastes du ciel marin,
La flamme des volcans et l'automne serein,
Le parfum du nuage et l'âme des étoiles.

POÈME (1)

par Jules Romains

Je suis un habitant de ma ville, un de ceux
Qui s'assoient au théâtre et qui vont par les rues,
Une voix qu'on entend, une face perçue
Dont certains ont gardé la forme dans leurs yeux.

Mon vouloir, que jadis je vénérais, n'est rien
Qu'un éphémère élan du pouvoir unanime ;
Je méprise mon cœur et ma pensée intime ;
Le rêve de la ville est plus beau que le mien.

Je n'ai pas le désir enfantin d'être libre ;
Mon idéal usé pend après de vieux clous
Je disparais. Et l'adorable vie de tous
Me chasse de mon corps et conquiert chaque fibre.

Et tandis que j'avais naguère mal au bras
De porter mon paquet d'angoisse gros et dense,
Avec ce qui me reste encor de conscience,
Je connais le bonheur de n'être presque pas.

(1) Extraits de *La Vie unanime* (*L''Abbaye*, 1908), et déclamés par M. Marcel OLIN.

UN JOUR

Nous serons un jour des rouages,
Qui ne songeront qu'à bien faire ;
Nous serons en cuivre ou en fer,
Mais pas en âme.

Nous transmettrons exactement
Le force qu'on nous confiera.

Ce que nous prendrons aux volants,
Nous le passerons aux courroies.

Nous n'en garderons même pas
De quoi nous tordre une pensée.

Nous rêverons d'atténuer
Nos grincements, et de les fondre
En rumeur huileuse et glissante.
Nos corps suinteront un silence
Gras et saturé d'énergie.

Nous consentirons à la joie,
Lasse et femelle d'être agie.

Toutes nos palpitations,
Nos montées de sang et de lymphe,
Nos flux de nerfs, nos bonds de muscles,
Tous les mouvements qui s'étreignent

En hâte, dans des chambres chaudes,
Aux étages de notre chair ;
Ne seront plus qu'un tremblement
De pièces qui s'emboîtent juste
Et qui forcent l'une sur l'autre.

Nous serons en acte et en fer.

Jean Royère a réuni par deux fois déjà autour de lui l'espoir de la littérature française.

Il nous a ouvert La Phalange, *cette jeune revue qui, presque seule, défend en France la cause du lyrisme.*

C'est autour de Jean Royère que se sont réunis, avec quelques-uns des maîtres aimés : MM. Henri Aimé, Jean Aubry, Edgar Baes, Jacques Balder (1), Léon Tonnelier, René d'Avril, Paul Briquel, etc. Presque toute la phalange nouvelle fait partie de La Phalange *que mène Jean Royère. Je veux encore citer MM. Sulger Buel, l'exquis Charles-Adolphe Cantacuzène, Maurice Canu-Tassily, Francis Carco, Th. Dan Cerkez, A. Chomel, Pierre Custot, J. de Bardy, Paul Drouot, André du Fresnois (2), Serge Evans, Jean Florence, Roger Frène, — qui donne une forme classique à une production d'une inspiration très moderne, — Louis de*

(1) Né le 8 septembre 1885.
(2) Né à Vanves, le 1ᵉʳ mai 1886.

Gonzague Frick (1), — à la boutonnière toujours fleurie, — Gadon, André Kahn, Jean Lahovary, Constantin Lahovary, Georges Lévy, Louis Lormel (2), Louis Mandin (3), — dont les rythmes savants sont très émouvants, — Stéphane Martzokis, le pur et le subtil Francis de Miomandre, Abel Léger (4), Louis Norac, Michel Puy, E. de Rougemont, Emile Sicard (5), — un doux et grand poète né dans le midi, et dont l'âme est du nord, — Emile Solari, Touny Lérys, — qui dirige si vaillamment en province Poésie, une belle revue de décentralisation, — Sébastien Voirol, Ary-René d'Yvermont (6), — qui a mis au service des poètes français une publication précieuse, Isis, où il leur fait connaître aussi le lyrisme étranger, — et Julien Ochsé (7), chanteur mélodieux et nostalgique, qui récemment est venu seconder Jean Royère et dirige avec lui La Phalange.

Et ce n'est pas de la reconnaissance seulement que nous professons pour Jean Royère. L'auteur de Sœur de Narcisse nue a droit à toute notre admiration, car son ouvrage s'approche tellement de la perfection que, sur ce point avant tout, il est incomparable.

(1) Né à Paris, le 13 mars 1883.
(2) Né à Paris, le 12 mai 1869.
(3) Né le 14 avril 1872.
(4) Né à Paris en novembre 1882.
(5) Né à Marseille, le 29 octobre 1879.
(6) Né à Alexandrie (Egypte), le 13 mars 1873.
(7) Né à Paris, le 18 mai 1874.

THRÈNE (1)

par Jean Royère

O Quêteuse, voici l'Avenue au front d'or
Ceinte du jour ! C'est là. Tu tâchais d'y sourire
Au savoir supputant de combien ce décor
Etait plus beau, mon Dieu, que celui de Shakespeare.
Là bas, c'est le rond-point : y trouverais-je encor,
Sous un toit frémissant de feuilles, son empire,
Le buste par la mousse et par les ans verdi
Du Faune qu'il te plut d'appeler *Vendredi* ?
Tes mains d'aube sur lui faiblement appuyées
Aux apparitions dans les branches noyées.
Mes yeux niaient la pierre et la mêlaient à toi.
Sœur et suavité des nymphes par l'émoi,
Déesse, du plus haut tu riais à ce marbre
Que si mon vers t'eût muée en arbre
Pour, nue, auréoler de ta chair le soleil !
Car, laissant là Cassandre et rêvant à *Marie*,
J'ai su, purifié de toute idolâtrie
Splendide, te sculpter dans un rythme pareil
A l'ingénuité des choses. Symbolise,
Donc, que si la forêt ne m'offre maintenant
Qu'un automne rouillé, présage du ponant,
Au moins la fiction de la tombe éternise
Par toi, l'or virginal dont tes bras de clarté
Ont couronné jadis les tempes de l'Eté !

(1) Extrait de *Sœur de Narcisse nue* (*La Phalange*, 1908), et déclamé par Mlle B. REYNOLD.

LE TOURNANT (1)

par J cques Balder

I

Après le bel élan d'un long et droit jet blanc,
tu te détournes et tu t'enfuis, chemin d'aurore !
et ton détour a la courbe d'une hanche,
la hanche d'une nixe énigmatique
qui, d'un preste coup de reins, s'échappe
et dont sitôt sonne le rire moqueur...
... Tu te détournes et disparais.

II

Que veux-tu donc cacher, chemin d'opale ?
dans l'oblique moue de ta double allée convergente
　　　　　　　des　tilleuls ?
derrière la colline menue qui dès lors t'abrite
la colline verte dont l'herbe se violace de brume ?
　　　　　　　et dans cette brume ?...
... Tu fuis, et derrière toi, flotte un voile de gaze...

III

Et toi, que nous veux-tu, toi, Vieux corbeau qui passes,
en la palpitation rythmique de tes ailes,
comme avec de noirs gestes incantateurs,
　　　　　　　puis glisses

(1) Déclamé p r M. Louis BOURNY.

sur l'horizontal radeau de tes ailes soudain immo-
tel un moine imposant les mains   [biles,
pour une malédiction dernière ?
Bah ! tu peux passer, romantique vieillard funèbre,
              tu peux passer.
Au fait, tu es une silhouette vigoureuse et précise
dans ce vaporeux paysage un peu trop pâle,
et nous goûterons un plaisir flamand et simple
à voir la rotation huilée de tes ailes,
tandis que s'effiloque sur un soleil orange
la nébuleuse haleine matinale des eaux.

SONNET (1)

par Charles-Adolphe Cantacuzène

Le jour d'automne
Languit sans fin :
O sois donc bonne,
Languis enfin !

Donne, Madone,
Enfin ta main,
— Madone, donne,
Ta main enfin.

(1) Extrait des *Grâces incmployées* (1904), et déclamé par
M. Marcel OLIN.

Du crépuscule :
O sois l'émule
Tombe sans bruit !

Et dans mon âme,
O trouve, femme,
La folle nuit !

SUR LE REMPART

Il est six heures et quart,
— Allons-nous sur le rempart
Vers le soleil qui succombe,
Douce blonde au sein qui bombe ?

Chère frimousse, sais-tu
Que, dans un temps qui s'est tu,
J'allais avec une brune
Sur le rempart vers la lune ?

STÈLE (1)

par Paul Drouot

Douze colombes élevées dans Elseneur
Ont pris leur vol et ont abordé l'Arcadie.
Les unes s'y fixent ; d'autres, non ; et plusieurs,
D'un œil voilé, revoient le ciel de leur patrie.

(1) Extrait de la *Grappe de raisin* (*La Phalange*, 1908), et déclamé par Mlle Jane EYRE.

Muse ! Et tu n'es plus rien qu'une ombre délicate,
Une palombe errante au plumage hérissé,
Qui mènes par les champs abandonnés d'Hécate
Le sableux tourbillon de mon astre brisé.

STROPHES (1)

par André du Fresnois

Ma voix s'accordait aux musiques du ciel,
Et de la nuit, pour joindre au chœur universel
L'hymne humain, jeune et frais comme un baiser
[que laisse
La vague, lèvre humide, aux roseaux blonds des grèves
Et pour chanter la douceur de n'être, vivant,
Que le frère des eaux, des herbes et du vent ;
Si, déchirant soudain la lente mélodie,
Le cri d'une mouette invisible, sanglot
Puéril et profond demeuré sans écho,
Ne réveillait quelque vieux rêve enseveli
Dans l'âme. Et me sentant à jamais solitaire,
Je songe que les yeux, quand ils ont trop pleuré
Devant l'immensité déserte de la terre
         N'y voient plus la beauté.

La flamme monte, fume et puis s'éteint. Qu'im-
[porte,
Laisse le vent du soir s'engouffrer par la porte

(1) Déclamé par M. Marcel OLIN.

Et frôler tes cheveux dans l'ombre. Est-ce la mer,
Est-ce la vie ? On entend un bruit confus. Hier
Nous aurions cinglé sous la nuit et la tourmente
Vers des bords redoutés dont le péril nous tente.
Quels liens aujourd'hui nous retiennent ? Nos corps
Immobiles, échoués côte à côte, semblent
Deux grands vaisseaux meurtris qui reposent en-
        Au havre de la mort.   [semble

LE FRUITIER (1)

par Roger Frène

L'odeur des fruits coupés sature l'ombre fraîche
Et le vol d'une guêpe, autour de leur charnier
Où l'automne passé lentement se dessèche,
Frémit dans les étais de l'antique grenier.

La clarté des raisins, rayonnant dans leurs grappes,
Va remplir d'un lointain et d'un chaud souvenir
Les repas hivernaux dont ils chargent les nappes ;
La main qui les soupèse ennoblit son désir.

Tel abricot fiévreux exhale une odeur rêche ;
Une poire paisible évoque un vieux jardin ;
Par espaces vermeils, la duveteuse pêche
Verse à la prune bleue un jour incarnadin.

(1) Extrait des *Sèves originaires*, suivies de *Nocturnes*
(Perrin et Cie, 1908), et déclamé par M. Louis BOURKY.

Vous répandez, fruits mûrs, le composite arome
De votre groupe où songe un soleil d'autrefois.
Pompant le jus doré qui suinte de vos gommes,
Des abeilles tournoient sur les crèches de bois.

Votre peau, comme un sein de femme, est lumineuse
Et parfois votre chair, sous son poids molissant,
Se tend jusqu'à crever cette enveloppe heureuse,
Tel un beau buste plein, solide et fléchissant.

Nés du travail de l'homme adjoint à la nature,
Vous enchaînez, ô fruits, le rythme des saisons ;
Vous êtes le seul but des existences pures.
—Vos chères voluptés renferment la raison,

Du vaste effort humain prix splendide et palpable :
Fruits de la terre !
                    Et vous, âpres fruits de l'esprit,
Pendant que l'heure passe au fil des grains de sable,
L'Apollon désiré rarement vous sourit.

LUMIÈRES (1)

par Louis de Gonzague Frick

La porte ensoleillée où tinte la voix d'Eve
Irrore le matin d'un jet d'art svelte — ô sève !
Les lis singultueux mêlent la pureté
De leur nacre fluide à mes vitraux — clarté —

(1) Déclamé par M-lle B. REYNOLD.

Ma rêverie accourt vers cet horizon vierge
Pour renaître en blancheur vaporeuse de cierge.
Défunte l'angustie éparse dans le soir
J'ai compris le néant de l'amer nonchaloir
Pendant que mon regard de gloire sidérale,
Gorgé, jouait en le saphir de l'eau lustrale.
Je veux incendier d'un geste triomphal
L'azur inviolé qui se rit du cristal ;
Car mon âme ivre, enfin de ses lucides ailes
Reconquises après maints élans parallèles
Monte vers l'éviterne et céleste Midi
Comme une fleur immense égayant l'infini.

IDYLLE (1)

par Louis Lormel

Venez, ô mon amie, errer parmi les champs.

Les arbres sur la route nous salueront de palmes frissonnantes,

et sur le talus semé de pâquerettes nous nous assoirons.

L'air est bleu, le soleil brille, la vie est courte ; venez vous asseoir sur la route.

Près de nous, les blés et les coquelicots chuchotent

La terre est lourde et pesante de tout le sommeil des ancêtres.

Il semble que le silence écoute.

Le cri de l'alouette, très haut, vibre dans l'azur lointain.

(1) Déclamé par M. Charles DULLIN.

Nous sommes, humblement, des êtres.

Laissons à la maison notre manteau d'orgueil,
amie. Venez écouter les bois.
   Sur un tronc d'arbre gisant dans la clairière, **nous**
nous assoirons.
   Les oiseaux crient comme un froissement de pier-
res polies.
   Regardez rêver ce crapaud béat.
   Laissez là vos livres, amie.
   Nous aurons des cœurs d'enfants.

   Venez regarder dans l'eau, amie.
   On y voit l'éternité, sous le flot de la vie qui passe.
   On y voit son âme aussi.
   Avant que le flot lent n'emporte
vers l'infini nos âmes lasses,
   Aimons-nous comme des enfants.

LE CHANT PERDU D'OPHÉLIA (1)

par Louis Mandin

Lorsque tu fus tombée en le fleuve suprême,
Le flot, qui frémissait, d'abord ne te submergea pas.
Il te prit caressant, comme un amant qui t'aime
Et lève doucement ta robe blanche entre ses bras

(1) Déclamé par Mme Irma ADORYAN.

Et tu flottais parmi la soie épanouie,
Avec des fleurs dessus, les baisers de la mort des-
                                            [sous,
Et tu chantais le dernier chant de ta folie,
Si triste, et cependant si nuptial qu'il nous rend fous.

Oh ! fous, et qu'à jamais les voluptés magiques
Pleureront l'heure, hélas ! qui vit le lied tragique
Descendre s'endormir en ton bouquet au fond de
                                            [l'eau,

Cette heure, unique au monde, où, comme une corolle,
S'ouvrait toute la vierge au vent qui, berçant son
                                            [tombeau,
Garde un son de sa voix, mais vague a perdu les pa-
                                            [roles.

*
* *

Pauvre enfant qui portas la couronne du printemps
                                            [rose
A la mort en chantant, croyant la porter à l'amour,
Ne frémis pas sous les flots froids où plongent et
                                            [reposent
Les humides reflets du jour.

Ne frémis pas, mélodieuse sensitive,
Si, vers ton blanc sommeil un poète incliné,
Penche son front sur l'eau de ta tombe pensive !
O vierge, ce rêveur, c'est ton beau chant infortuné.

C'est lui ton dernier chant, où la mort et la vie
Se mêlèrent parmi ton sourire et tes pleurs,
Et, se fondant en les sons de ta mélodie,
Glissèrent avec toi, t'enlevant aux douleurs,
Dans les évanouissements baignés de fleurs...

C'est lui ton chant surgi poète et baigné de tes fleurs.

Il est ton chant, ton chant qui vibre dans ses moelles
Qui bat avec son cœur, palpite avec les vents,
Qui ce matin, brillait aux mourantes étoiles,
Qui s'est fait chair et reste un feu mouvant,
Mais qui, sans éclater, brûle ta lèvre en soupirant,
Comme un esprit trop pur, un tourment qui râle eni-
[vrant.

Cet être qui te cherche au parfum des roses blessées,
C'est lui ton chant...

C'est lui ton chant perdu, craintive Fiancée,
Ton chant si nuptial où pleurent des baisers.
Il se cherche lui-même en ta couronne dispersée,
En tes glaïeuls, tes romarins et tes pensées,
Dans les fleurs du beau lit fluide où la mort t'a bercée
Avec ce chant suprême où les sanglots sont des baisers.

Les sons, les eaux, les fleurs, conservent un peu de ta
[grâce
Ton sourire est dans leur nuance, hélas ! la plus fu-
[gace,
Dans celle qui, sous un fin voile, erre et tremble et
[s'efface.

Et moi qu'un astre appelle en la profondeur de
[l'espoir,
Il me semble qu'après le jour fané qui passe,
Ton chant que sa clarté terne et grossière glace
Va s'élancer enfin dans ma vierge aurore du soir.

TOURBILLON (1)

par Francis de Miomandre

A propos de toi, et puisque tu existes, toutes mes
pensées ressuscitent. O toi, autour de qui elles se grou-
pent, regarde-les, accueille-les, car je n'en suis plus
le maître, et un peu de ma vie avec chacune d'elles
s'en va, mais tout cela, en m'épuisant, m'allège, et je
contemple avec une triste ferveur cette foule qui s'incline devant toi.

Regarde-les : il en vient de toutes les ruelles de ma
mémoire, de tous les déserts spacieux de mon désir,
de tous les moments obscurs de mon existence. Elles
vienent à toi, te reconnaissent avec bonheur et chantent une mystérieuse, une incomparable musique.
Voici celles de l'enfance, avec la chair tendre et les
yeux ignorants de la petite fille. Haletantes et la
bouche entr'ouverte, elles se tiennent debout, toutes
gauches, et leurs petites mains tremblent, car elles
retrouvent en toi l'ange et la fée de leurs songes.
Je les avais oubliées en moi depuis bien longtemps :
leurs sourires étaient trop purs pour ma vie. Voici

1) Déclamé par M. Louis BOURNY.

celles de la jeunesse pensive. Leurs visages sont graves d'une méditation studieuse et joyeuse des mystères qu'elles ont cru deviner. Voici celles de l'amour, que le désir soulève sur leurs faibles genoux et qui tendent des bras de tendresse. Et toutes celles que je ne connais pas et qui seront des souvenirs plus tard, elles sont là aussi. Et moi-même ne suis qu'une ombre.

Je ne suis qu'une ombre qui regarde. Dans un champ de pâles bruyères, éclairé par la lune magique, autour de toi leur ronde cérémonieuse tourne, tourne et s'incline, soulevée, légère, aimante et se dissout dans l'extase.

LA FILEUSE (1)

par Abel Léger

Dès l'aube je la vois, la fileuse attentive.
Que son profil est pur et qu'elle a de beauté
Quand, déroulant le chanvre avec agilité
Son fragile travail l'enchante et la captive.

Un soir, je l'abordai, plein de timidité ;
Elle se reposait, et sa main inactive
Essaya de masquer une rougeur hâtive
Qui montait à son front enpreint de gravité.

Je voudrais posséder la belle toile blanche,
Sur laquelle, en ce jour, ton visage se penche
Et qu'à ton souvenir plus tard je baiserais.

(1) Déclamé par M. Marcel OLIN.

6 **

Puisque tu veux, prends-là, dit-elle pâlissante,
Mais sache que je fis l'étoffe éblouissante
Pour servir de linceul à qui la choisirait.

LE BONHEUR (1)

par Michel Puy

Le bonheur est plus près de nous que les toits roses
Qui sont posés innocemment sur les coteaux.
Comme l'air et le jour, il est mêlé aux choses.
Il est tout ce qui luit, l'éclat blanc des troupeaux,
Le sable, l'herbe jeune et l'ardeur de l'azur,
Et, quand nous cheminons, c'est lui qui nous accueille
Sur l'eau douce et riante et la blancheur des murs,
Et vient à nous parmi l'odeur des chèvrefeuilles
Mais, quand de ses rayons, le soleil se délie,
Le soir large et clément qui remplit l'horizon,
Epanche sa ferveur et sa mélancolie,
Et fait naître et grandir une telle passion
Qu'on se sent détaché du désir d'être heureux.
Le soir efface les clartés, brouille les signes
Et rien ne subsiste plus en face des cieux
Qu'une plaine majestueuse aux vastes lignes,
Qui, sous la perspective en flammes du couchant
Jette ses étendues à la pénombre ouvertes,
Et qui pousse et conduit jusqu'aux monts bleuissants
Ses blés, ses bois obscurs et ses prairies désertes.

(1) Déclamé par Mlle Jane EYRE.

A travers la contrée le silence uniforme
Flotte comme un brouillard sur un monde indistinct ;
L'herbe perd sa couleur, et l'arbre se déforme
Et n'est plus qu'un point noir sur le gris des terrains.
Quelle grandeur dans cette paix, quelle allégresse !
Quel pur consentement et quelle volupté
De nous sentir mêlés à cette immensité !
Nous sourions encore à la vive jeunesse
Des matins fraîchement éclos ; mais notre vœu
Sera de rapporter nos cœurs et nos visages
A la simplicité de ces grands paysages
Que le soir a fixés sous les montagnes bleues.

LA CHANSON DU MOULIN (1)

par *Emile Sicard*

I

La plus infime de tes tendresses
Fait palpiter une aile au moulin de mon cœur.

O ! fais tourner toutes les ailes du moulin
Et tu verras le blé d'amour avec douceur
Se moudre. O ! fais tourner les ailes du moulin
Au vent de tes caresses.

(1) Extrait de *l'Allée silencieuse* (*Le Feu*, 1906), et déclamé
par M. Marcel OLIN.

II

Arrête-toi d'aimer, car le grenier est plein.
Nous avons du bonheur pour des années...
Ecoute, écoute, ô fille du moulin !
Tu reprendras lorsque les joies seront fanées.
Arrête-toi d'aimer, car le grenier est plein.

III

Reviens, il faut encor moudre...,
Il y a de la farine qui s'est perdue.
Reviens aimer et reviens coudre,
Fais chanter au moulin l'aile bleue qui s'est tue !
Reviens, il faut encor moudre.

IV

L'aile bleue est pensive au toit du vieux moulin.
Il n'y a plus de blé d'amour parmi le monde...
Je suis triste, o triste ma blonde,
Si triste qu'il pleure au cœur du vieux moulin.

V

Mais que le vent passe quand même ;
S'il ne se moud du blé, il se moudra des larmes
Et c'est bien de quoi vivre encor !
Aux champs de mes yeux las glane ce que l'âge sème ;

Fais que le vent passe quand même :
S'il ne se moud du blé, il se moudra des larmes,
Le pain des larmes, c'est la mort,
Mais que vent passe quand même.

VI

Tourne..., tourne..., fille, je plains
Les ailes mortes du moulin.

CHANSON POPULAIRE ALBANAISE (1)

par Ary-René d'Yvermont

Sois le bienvenu, oui, sois le bienvenu.
Toi qui reviens de la terre latine,
mais, que vois-je ? ton visage a blanchi,
il n'a plus la teinte chaude du blé.

Loin de toi, mon amour, j'ai passé tout l'été
et les longues et tristes veillées de l'hiver ;
chaque jour, j'interrogeais mes compagnes sur ton
[sort,
et elles me répondaient que tu te trouvais sur la
[terre latine.

(1) Déclamé par Mlle Maud STERNY.

Te dire combien grande était ma souffrance
quand on me disait : ne le pleure pas ;
pourquoi l'aimer, lui qui t'oublie
dans les bras des belles étrangères ? Cela ne se peut
                                                    [pas.

Et, quand tes compagnons
me disaient que tu étais dans une geôle obscure,
prisonnier peut-être de quelque prince féroce,
ce jour-là, j'oubliais mes souffrances,

je levais les mains vers les cieux,
et, les yeux mouillés de larmes,
je priais le Seigneur de prolonger tes jours
en te donnant la force et le courage.

Je l'exhortais à me donner les ailes rapides
de l'hirondelle pour m'envoler vers toi,
et de m'accorder la grâce de mourir dans ta sinistre,
à tes côtés, dans tes bras.   [prison

L'OMBRE (1)

par Julien Ochsé

Silencieuse vie aux formes différentes,
Toi qui portes mon deuil depuis que je suis né,
Tu traînes près de moi ton écharpe mouvante
Où ton geste nouveau tombe aussitôt fané !

(1) Déclamé par Mlle Berthe GÉDALGE.

Mon ombre, tu surgis en même temps que l'aube
Où déjà tu me prends en tes bras poussiéreux :
Je n'ai pas de clarté que tu ne me dérobes
Et mon regard se perd en ta face sans yeux.

Tu me suis dans le jour comme un obscur présage
Qui pose sous mes pas un seuil d'obscurité,
Je suis toujours debout aux portes d'un nuage,
J'ai l'air d'aller vers toi ou l'air de te quitter.

O nocturne lambeau résistant aux journées,
Quel invisible sort jette tes entrelacs
Au devant de la route où ta forme obstinée
Trébuche en enlaçant ses filets à nos pas ?

Le soleil que tu vaincs en toi dessine et crée
Non l'image réelle et vivante d'un corps,
Mais une âme jaillie hors des chairs déchirées,
Et celui qui te voit croit regarder sa mort.

Or, ne m'attends-tu pas, ô mon ombre penchée ?
Tu veux me rappeler à quel sort j'appartiens,
Et que, sur cette terre où ta forme est couchée
Ton geste qui me suit un jour sera le mien.

La jeune renommée de Guy Lavaud (1) *me
dispense de louer son art pur comme une claire*

(1) Né à Terrasson (Dordogne), le 9 août 1883.

fontaine. La Floraison des eaux, *tel est le beau titre d'un recueil qui doit chanter dans toutes les mémoires de poètes.*

Aidé dans sa tâche par M. Jean Veillon et par A. Toussaint Luca (1), — *poète trop inconnu, trop négligé,* — *Guy Lavaud dirige, à Nice,* La Revue des Lettres et des Arts, *qui seconde* La Phalange *et défend la poésie au bord de cette Méditerranée bleue et dorée, où les eaux, le ciel et la terre étalent leurs multiples floraisons d'écume, de fleurs et d'étoiles.*

L'AMIE ÉNIGMATIQUE A DIT... (2)

par Guy Lavaud

L'Amie énigmatique a dit : Vois-tu l'Automne,
L'Automne va mourir sur la mer monotone
Et sens-tu pas qu'elle pleure de n'avoir pas,
Près d'elle, la terre natale de là-bas
Où le ciel, avec des peupliers pour aiguilles,
Brodait des feuilles d'or sur ses robes d'argile !

O frère, souviens-toi ! puisque meurt cette sœur
Des soirs du beau pays lointain, de la douceur

(1) Né à Campile (Corse).
(2) Extrait de la *Floraison des Eaux* (*L'Occident*, 1907), et déclamé par Mlle Jane EYRE.

Du ciel sans force et des regards de l'eau plus claire.
Sous les coteaux couleur de flamme et de lumières..
Souviens-toi de l'octobre ancien, des beaux chemins
Que les canaux ouvraient à nos pas incertains,
Des beaux chemins de l'eau unie et rectiligne
Où parfois nous croisions le songe blanc des cygnes.

N'est-ce pas que les soirs sont là qu'on croyait morts,
Où des arches de ponts s'arquaient sur des ciels d'or,
Où nous allions si bien pénétrés l'un par l'autre,
Ivres, dressant le front vers une lune haute,
Où nous prîmes, au creux trop étroit de nos mains,
Tes parfums, ô tristesse, et tes fleurs, ô chagrin !

APOSTROPHE A LA GLOIRE (1)

par A. Toussaint Luca

A la mémoire d'Emmanuel SIGNORET.

Les soirs inapaisés des tourmentes amères,
J'ai traîné mes regards sur tes derniers rayons ;
Ta tâche est achevée, ô maître des chimères,
Tu peux, tu peux t'enfuir aux profonds horizons.

(1) Déclamé par M. Marcel OLIN.

O mon père, laissé sur la route maudite
J'ai jeté mon bâton et regardé le soir ;
La source murmurait si douce dans sa fuite,
Qu'un instant j'oubliai de mourir et de voir !

Va ! la nuit qui s'en vient nous berce et nous console;
Les étoiles tes sœurs seront plus près de nous :
Le poète pourra s'en faire une auréole ;
Les fous sont beaux, laissons leur idéal aux fous.

J'ai suivi le chemin vers le calme et le rêve,
J'avais planté ma tente au désert de la foi ;
Le vide m'a fait peur, la forêt et la grève
Quand j'eus fermé les yeux murmurèrent en moi.

J'ai suivi le chemin, vers toi j'ai bu la lie
Au calice rempli d'amertume et de fiel ;
Pour t'atteindre, ô soleil, maître de l'énergie
J'ai fait l'effort en vain de regarder le ciel...

J'ai bercé de mes chants, sous tes lourdes caresses,
La femme dont l'amour a flétri ma beauté,
Et j'ai senti s'enfuir dans le vent des détresses
L'espoir qui me guidait vers l'éternel été.

Mon cœur va s'apaiser dans la brise qui passe,
Le calme soir descend aux collines des dieux ;
O mon père, voici ta splendeur qui s'efface !
Arrête ! prends pitié du vide de nos cieux.

Car voici : j'ai senti frissonner ma chimère,
Et la nuit qui s'en vient ne nous console pas !
J'ai besoin pour mourir de ta sainte lumière;
Donne-moi cette force, ô Père du Trépas.

J'ai marché ! J'ai brisé ma lyre sur ma route,
Et j'ai d'un chant plus noble, au moment de la mort,
Renié l'espérance et cultivé le doute...
J'ai dit : mieux vaut mourir, vanité de l'effort !

Tu n'apporteras plus la vie au sol aride
Comme un maudit hanté des éternels remords.
Tu recommenceras ta course dans le vide,
Mais tu ne seras plus que le soleil des morts.

Il serait injuste de ne pas dire le rôle important joué ces dernières années par une revue régionaliste paraissant dans le nord de la France : Le Beffroi.

Cette revue fut fondée à Lille, en janvier 1900, par Léon Bocquet (1), et quelques-uns de ses amis. On avait voulu créer, dans ce Nord seulement industriel et commercial, un mouvement littéraire.

Autour des aînés partis pour la Capitale, Le Beffroi réussit à grouper tous les talents qui ten-

---

(1) Né à Marquillies, près de Lille, le 11 août 1876.

*daient à se manifester, et cela sans souci d'écoles
ou de théories.*

*Il publia aussi les premiers livres de Théo
Varlet (1), — cet étonnant visionnaire, dont les
poèmes ont une singulière magnificence, —
d'Edmond Blanguernon, de Paul Castiaux (2), —
inventeur de rythmes miraculeux, qui dirige une
admirable chrestomathie périodique de poésie : Les
Bandeaux d'or, — de Delattre, de Léon Deubel (3),
— qui chante douloureusement et harmonieu-
sement comme un séraphin blessé, — de Jules
Mouquet, de Roger Allard et d'Amédée Prou-
vost.*

A L'AUTOMNE (4)

par Léon Bocquet

Automne de la fièvre rouge et des fruits mûrs,
Belles heures de pourpre et d'or abandonnées
Comme les longs sarments des vignes inclinées
Sur le chaume des toits ou la crête des murs ;

(1) Né à Lille, le 12 mars 1878.
(2) Né à Lille, le 3 février 1881.
(3) Né à Belfort, le 22 mars 1879.
(4) Extrait des *Cygnes Noirs* (*Mercure de France*, 1906), et
déclamé par Mlle Maud STERNY.

Saison du pampre jaune et des roses flétries,
Pleureuse de nos soirs d'adieux, courbés au seuil
Des maisons que l'on quitte et des jardins en deuil
Où s'ouvre le colchique bleu des rêveries ;

Automne des vergers pesants et des cœurs lourds,
Automne des départs, des regrets et des ailes
Qui palpitent pour fuir avec les hirondelles,
Saison des nids déserts et déclin des amours ;

O jours où l'anémie appuie aux balustrades
Sa langueur, son souci grave et son souvenir,
Saison tiède à ceux-là qui regardent venir
La mort ; silencieuse Automne des malades ;

O tristesse indicible, indicible douceur,
Automne défaillante, automne d'élégie,
Infiltre dans mon cœur toute la nostalgie
De l'horizon qui saigne et du soleil qui meurt ;

Couche mon corps parmi a bruyère et tes mousses
Et m'endors aux sanglots mineurs des violons
Du vent triste et des bois mouillés qui pourriront
Ma chair anéantie avec les feuilles rousses.

POÈMES (1)

par Théo Varlet

I

Sous la mer lourde de mon âme que colorent
Les ondoyants reflets des phénomènes vains,
Un cataclysme des jadis inconnus vint
Le submerger aux bras blêmes des madrépores.

Par instants, l'orgueil sous-marin d'un météore
Empourpre les splendeurs du continent divin,
Et palpitent, regards évanouis sans fin,
Les calices géants des merveilleuses flores.

Et toujours sur la grève où, dans l'exil des nuits,
Bâillent les Béhémots familiers de l'Ennui,
J'évoque,   d'une inassouvissable manie,

Candides ressurgies aux cieux primordiaux,
Poignardant le zénith de leurs pics verticaux,
Les impossibles Atlantides du génie.

(1) Extrait de *Notes et Poèmes* (*Le Beffroi*, 1905), et
déclamé par Mlle Jane EYRE.

II

Génie ; et voix des grandes eaux ; soir de geysers !
Jaillissement des phosphores visionnaires !
— Je me suis accoudé à la vieille citerne.

Etoiles d'anémie, clairs de lune béants,
Ou feux-follets des souvenirs effervescents :
— Une odeur de moisi déborde la citerne.

Au roucoulement fruste et grêle des crapauds,
Hystérie vague et somnolence de sanglots.
— Un silence noir bourdonne dans la citerne.

Ah ! les crapauds sont morts d'ennui, la nuit est vide ;
Très profondément la vieille citerne est vide.
—Et je passe la nuit à cracher dans mon âme.

L'INVITATION A LA PROMENADE (1)

par Léon Deubel

Mets tes bijoux roses et noirs
Comme les heures du souvenir,
Mets ce qui s'accorde ce soir
A ce qui ne peut revenir :

(1) Déclamé par M. Marcel OLIN.

Ta robe de crêpe léger
Plus incertaine qu'une charmille,
Qui fait trembler dans les vergers
L'herbe amoureuse à tes chevilles ;

Ton chapeau garni d'asphodèles,
Tes gants parfumés de jasmin
Qui gardent en leurs plis fidèles
La vie inquiète de tes mains.

Et viens, par l'odorant mystère
Qui sut envelopper sans bruit
Le beau jour, tombé comme un fruit
Où des guêpes se désaltèrent.

Le soir a la saveur du miel.
L'ombre tiède qui nous attend
Pour fiancer la terre au ciel
Polit la bague des étangs.

Dans le bruit d'ailes du silence,
L'azur noir semble méditer
Les étoiles, dont la cadence
Meut les âmes vers la beauté.

La grande nuit timide encor
Etire au ciel nu sa stature ;
L'âme romantique du cor
Fait rêver tout bas la nature.

Mets tes bijoux roses et noirs,
Comme les heures du souvenir,
Mets ce qui s'accorde ce soir
A ce qui ne peut revenir.

L'HEURE TORRIDE (1)

par Paul Castiaux

Personne sous la treille. Il fait trop chaud, vois-tu ;
Ne va pas sur la route abreuvée de soleil.
Le rideau de la porte avec ses fleurs vermeilles
Ondule lentement son velum paresseux.

La poussière reluit ainsi qu'un long miroir
Sur la route, et, là-bas, contre le ciel torride,
La gare, sous son toit de tuiles écarlates,
Attend. Nous ne prendrons jamais le train. Restons.

Un écran d'arbres secs et poudreux tend son ombre
Devant les champs, gorgés de lumière farouche,
Où sont la vigne claire et les figuiers raidis.

Vois, les mouches traversent le silence. Viens :
Je veux, rafraîchissant le soleil de mes veines
Devant les oasis fraîches de ton regard,

Ecouter le rouet trépidant des cigales.

(1) Déclamé par M. Louis Bourny.

LES CONSEILS D'UN AMANT (1)

Par Roger Allard

Ne songez-vous parfois, ô belle visiteuse,
Quand votre pied se pose aux degrés du perron,
A tout ce que contient cette minute heureuse
Et que jamais, jamais vos yeux ne reverront ?

Pourtant, me dites-vous, c'est le même sourire
Chaque jour, le même baiser, le même accueil ;
La table est mise au jardin, dans l'ombre où s'étire
Votre chère paresse et l'osier du fauteuil.

Sans doute, nous mêlerons encor nos morsures
Sur la pêche velue et sur la pomme lisse,
Puis, nous regoûterons à nos propres délices...
Mais chaque jour, voyez, les roses sont plus mûres !

Les grappes vont pourrir sous les mille frelons
Dont la lourde musique est si douce à nos rêves,
Epuisant les odeurs et le nectar profonds
A l'envi des désirs goûtés entre nos lèvres.

Et pourtant, ô beauté, vous vous laissez aimer
Avec le même orgueil nonchalant et splendide
Que si le soir amer n'allait bientôt semer
Une ombre de regret sur vos premières rides...

(1) Déclamé par M. Charles DULLIN.

Mais, malgré qu'un beau jour farde votre sillage,
Voici l'heure où l'oubli caressant nous rejoint ;
Songez que chaque soir je vous aime un peu moins,
Et sachez m'aimer mieux sans m'aimer davantage.

C'est au Beffroi, en 1905, que le doux Charles Vildrac (1) publia son livre Poèmes, où il exposait son rêve d'une abbaye de poètes.

Cette utopie se réalisa ; mais le phalanstère thélémite ne dura pas assez longtemps pour qu'on distingue l'influence que la vie en commun aurait pu exercer sur l'art de ses profès.

L'Abbaye donna l'asile à quelques poètes dont l'œuvre à peine commencée s'impose à l'attention : Georges Duhamel (2), en qui ses amis placent les plus fiers espoirs, René Arcos (3) le cosmogonique, qui perçoit le mouvement des sphères célestes et flotte extasié entre les nébuleuses, Alexandre Mercereau (4) qui vient d'abandonner le pseudonyme d'Eshmer Valdor, sont tous parmi les meilleurs esprits d'une génération qui semble avoir un grand rôle à jouer.

C'est également à l'Abbaye qu'il faut rattacher M. Fritz Vanderpijl (5), dont les plaintes naïves rappellent parfois les accents douloureux d'un Verlaine ou d'un Villon.

(1) Né à Paris, le 22 novembre 1882.
(2) Né à Paris, le 30 juin 1884.
(3) Né à Neuilly-sur-Seine en septembre 1881.
(4) Né à Paris, le 22 octobre 1884.
(5) Né à La Haye (Hollande), le 27 août 1877.

LIED (1)

par Charles Vildrac

Ah ce soir, le vent, amoureux rêvant,
Va pastellisant du ciel émouvant...

Ah ce soir, sans doute, il est par le monde
Des mille et millions d'endroits où des vents,
Amoureux, rêvant,
Ou hordes menant rondes furibondes,
Font des milliers d'yeux, émus par le monde
Mais toi, faible, toi,
Tu n'as que deux yeux et un ciel étroit
Mordu par les toits...

<center> * *</center>*

Sur terre il y a, par mille et millions,
Des vierges qui font, par mille et millions,
Piaffer des désirs après leurs talons.

Un homme crispé sur chacune d'elles,
Contraignant leurs jambes comme des ailes,
Ouvrira leur chair neuve et tiède et frêle,
En épiant leurs yeux...

(1) Extrait d'*Images et Mirages* (*L'Abbaye*, 1908), et déclamé
par Mlle Jane EYRE.

Mais jamais ta chair
Ne saura le goût premier de tant de chairs,
Et jamais tes yeux
Ne boiront le cri unique de tant d'yeux...

***

Villes et hameaux sur la terre sont
Par mille et millions.
Par mille et millions, ils ont des maisons
Où vivre...
Ah pouvoir dans chaque édifier son Livre !
Ah des pages là, puis là-bas remplies !
Las ! tu n'as qu'un livre,
Tu n'as qu'une vie
A vivre...

PRELUDE (1)

par Georges Duhamel

Donc, il est des choses à faire.
O mes amis, vous voilà beaux, vous voilà fiers,
Vous voilà forts et je vous aime, ô mes amis !

Le lourd silence était soufleté de nos ailes,
        Et dans le soir, balbutiaient des mains...
Or, nous allions, au long de la route éternelle,
        En ruminant le siècle et le demain,

(1) Extrait de *Des Légendes, des Batailles* (*L'Abbaye*, 1907),
et déclamé par M. Marcel QLIN.

Et nous avions la bouche amère de ces choses ;
Mais nous allions, confiants dans la métamorphose ;
Hérissés des bouffées violentes de l'instinct
      Le plus aimé, le plus certain.
Et nous pensions selon des rythmes et des lignes
      En allant vers d'albes aurores
      Pour jeter notre chant du coq...
Car nous avions le cœur si lourd du chant des cygnes.

Mais voici qu'en cherchant notre ombre au fond des
                                      [sources,
Gonflés du même espoir, lassés des mêmes courses
Et poudreux des mêmes efforts, nous avons vu
L'exil commun dans la fatalité du but...
Et nos bras vers nos bras on dit : *cela doit être.*
Nous savons le baiser que l'image a rendu,
L'image qui bougeait, l'image de notre être
      Dans la source où nous avons bu.

O nos génies claquant de l'élytre aux fenêtres !

Or, mes amis, chantez, voici venir les temps !
Sur les pieds des badauds poussons les lourds bat-
                                      [tants.
Nous voilà seuls, et nous ignorons les marchands,
Et ces gens murmurant qui battent à la porte
Et tous ces gens qui veulent que la vie rapporte
Et tous ceux-ci et tous ceux-là qu'un fleuve emporte

Où l'air n'est pas pour mes poumons, ô mes amis !
Nous voilà tous, nous voilà seuls, fermez la porte...
Et nous serons meilleurs d'avoir tant d'ennemis.

Venez, je vous dirai : nous sommes des fourmis
Et nous allons bouger des monts, ô mes amis !
Venez ! nous connaîtrons l'air pur des pensées fortes
Et ce qui fait plus rude, et ce qui réconforte
               Venez, venez !!!

QUATUOR (1)

par René Arcos

. . et le silence est d'or.

L'ombre au rêve tendait la lune sa sébile ;
Quand l'éclair tout à coup déroula son serpent...
C'était un soir de haine entre les éléments ;
C'était un soir d'angoisse et de guerre civile.
Sous le ciel lourd, le vent malmenait fort les cimes ;
Aprement, il fouillait le ventre des abîmes...
Bride abattue passait, hennissantes cavales
Bondies des horizons, la troupe des rafales....
Et l'Océan menait une danse infernale
Les vagues s'esclaffaient en cohues de cymbales...
Et hip! Et hop! les cris aigus, les coups de fouets ;
Hallali de métal ; les clameurs ; les sifflets ;
Tonnerre tournoyant des géantes culbutes
En l'océan dressant au ciel ses catapultes ;
Et puis soudain, au loin, le glas des cathédrales,
Le glas pleurant dans l'ouragan comme un enfant ;

(1) Extrait de la *Tragédie des Espaces* (*L'Abbaye*, 1906), et
déclamé par Mlle Berthe GÉDALGE.

Tour à tour, et hurlant plus fort que les rafales,
Cloches battant, sonnant, à s'en rompre les flancs ;
Remous extravagant de toiles, de ferrailles ;
Vents, cloches, océan, en triples épousailles ;
C'est alors qu'apparut, quatrième au quatuor,
Mon âme grave avec... son beau silence d'or.

... ET MON CŒUR SE MEURT DE ROMANCE (1)

par Alexandre Mercereau

Des pétales de clair de lune
pantèlent, morts dans la nuit brune,
pleurant d'argent dans le silence.

Le vent gémit comme du cor ;
on entend des cliquetis d'or
dans des pollens sombres des lys.

Pur frisson de musique ultime,
vacillant en sanglots intimes
dans mon cœur âpre qui s'indole.

Très vieil hibou des temps passés
triste scrute mes sens lassés,
triture et pétrit mon mal heur.

Voici que geint, comme une femme
qui laisserait glisser son âme
dans l'onde du bassin de pierre,

(1) Déclamé par Mlle Berthe GÉDALGE.

le jet d'eau qué sans fin fleurit
la volubilité des ris
d'étrange énervement du soir.

Des pétales de clair de lune
pleurent d'argent dans le silence...
Et mon cœur se meurt de romance.

AVRIL, DANS LA RUE DE LA MONTAGNE

SAINTE-GENEVIEVE (1)

par Fritz Vanderpijl

Le soleil, aujourd'hui, brille et étincelle
dans un ciel d'été, si bleu et bucolique
au-dessus de l'église bizarrement gothique
au fond de ma propre et vieille ruelle.

L'atmosphère est douce, son odeur sympathique.
et mélodieusement de petites voix s'y mêlent
de jeunes filles qui courent, aux cheveux rebelles
et malgré leur laideur paraissant angéliques.

Fumant mon Jacob, je regarde cela.
Et je ressens tant d'aise ainsi à ne rien faire,
que l'homme qui passe me paraît un frère
que j'ai envie, pour ma femme, d'un pot de réséda.

(1) Extrait des *Saisons douloureuses* (*L'Abbaye*, 1908), et déclamé par M. Marcel OLIN.

Avril a aujourd'hui des bontés de Mai ;
un vent doux et fécond nous arrive des quais.

MESDAMES,
MESSIEURS,

J'arrive au bout du programme que je me suis tracé. Vous connaissez les poètes qu'il me reste à citer : Adolphe Lacuzon, un des plus nobles et des plus modestes poètes actuels et le chef harmonieux de l'Intégralisme ; Léon Vannoz, François Porcher, Charles Grolleau (1), Guy-Charles Cros (2), le tendre et le délicat Fernand Fleuret, Lesieutre, Louis Thomas, Emile Henriot, Valmy-Baisse, Edmond Blanguernon, Raoul Gaubert, Gaudion, Francis Bœuf, fort et mélodieux ; Achille Richard, Henry Vernot, Auguste Brunet, Jean Metzinger (3), Auguste Achaume (4).

Sadia Lévy (5) doit à son souci de la perfection humaniste d'être moins connu à cette heure qu'un grand nombre de grimauds. Mais son lyrisme oriental ne connaît point l'ironie désabusée, souvent si pathétique et si nouvelle, d'André Spire (6). Quelle émotion nous secoue, André Spire, quand nous vous lisons. Il nous semble que vos vers

(1) Né à Paris, le 28 juin 1867.
(2) Né à Paris, février 1879.
(3) Né à Nantes, le 24 juin 1883.
(4) Né à Marseille, le 3 novembre 1875.
(5) Né à Sidi-Bel-Abbès (dép. d'Oran), le 6 septembre 1875.
(6) Né à Nancy, le 28 juillet 1868.

si légers ont le pouvoir d'ébranler les fondements des empires et même ceux des républiques.

Le siècle n'est pas juste enfin pour W. O. Milosz(1), dont l'âme ardente a quelque chose de byronien. Ce slave n'est pas désenchanté, et nous reconnaissons en lui une puissance d'images, un lyrisme si évocateur, qu'il ne faut pas hésiter à le placer entre les premiers des nouveaux poètes.

POEME (2)

par Charles Grolleau

Berce-moi dans tes bras, comme un enfant qui pleure.

L'oubli descend ; je puis nier l'espace et l'heure.
Au souvenir que me rapporte le passé,
Je puis dire : Tout est fini, tout effacé ;
Je ne sais plus si j'ai vécu, si je vais vivre ;
J'ai clos les yeux, j'ai clos mon cœur, je me délivre
De mes regrets, de mes rancœurs, de mon ennui ;
Ils vont fleurir, mes rêves blancs, car, dans ma nuit,
Ton pâle amour scintille encore, vague étoile ;
L'oubli descend et m'enveloppe comme un voile,
L'oubli descend sur mes péchés, sur mon remords...

Berce-moi dans tes bras comme un enfant qui dort.

(1) Né au château de Tchéreya (Pologne) en 1877.
(2) Extrait de *Reliquiæ* (Charles Carrington, 1904), et déclamé par M. Charles DULLIN.

JE T'APPORTE UNE FLEUR (1)

par Fernand Fleuret

Je t'apporte une fleur qui possède tes joues,
Pour qu'aux vitres tu croies ton visage arboré,
Pour qu'elle rêve aussi que son reflet se joue
Sur le verre sans tain, par vous deux décoré.

O couseuse ! mets-la sur la triste fenêtre,
Qu'elle peuple d'ailleurs ton petit horizon :
Tu songeras au pays où elle a dû naître,
Aux villages, aux champs, aux arbres, aux gazons...

Ne la trouble pas trop de tes mains sensuelles,
Car le regret courbe son beau chef odorant :
Elle pense à ses aïeules qui furent belles
Et qui lui ont légué leur robe de cent ans.

Elle pense aux autels virginaux de Marie,
Où les phtisiques roses pâles vont, en blanc,
Offrir pour nos péchés leur très pure agonie ;
Elle pense aux carrés de soleil sur les bancs.

Elle pense au hameau dépêchant ses fumées
En grâces du repas médiocre et frugal ;
Aux gens qui ont repris la tâche accoutumée
Avec l'âne têtu, le bœuf et le cheval.

(1) Extrait de *Friperies* (Rey), et déclamé par Mlle Berthe
GÉDALGE.

Elle pense au bétail paissant sur les collines ;
Au clocher qui épie, sous son chapeau pointu,
Comme un berger roman juché sur des ruines
Avec une houlette et un oiseau dessus.

Elle pense aux chansons rustiques et niaises
Qui célèbrent la Rose avec simplicité ;
A des rondes d'enfant dans ces parcs Louis Treize
Où l'arbre a l'air d'avoir une épée au côté.

Confidente aujourd'hui une captive Peine,
Abreuve son ennui d'airs vieillots et lointains,
Et que ta voix lui soit une claire fontaine,
Toi qui sais, maintenant, ce qu'une fleur contient.

ENVOI (1)

par Louis Thomas

Mon jardin est secret,
Il ne tient que des roses,
Je te les ai données ;
Mon cœur ne tient que toi,
Veux-tu les fleurs écloses
Qu'il produira ?

Tout ce que j'ai,
C'est peu de chose,
Si tu veux, je te dirai :
Prends mon amour et prends mes roses,

(1) Extrait de *Flûtes vaines* (*Psyché*, 1906), et déclamé par
M. Marcel OLIN.

7 *

Prends donc mon cœur, prends ma maison,
Voici mes bras à ton service
Et mon esprit pour t'amuser,
Que te faut-il pour tes caprices ?
Tout ce que j'ai, je l'ai donné.

SUB INVOCATIONE (1)

Par Raoul Gaubert

A toi, ma dernière maitresse,
Notre-Dame de mes douleurs,
A ton corps, rosaire d'ivresse

Ces rimes, rosaire de pleurs,
Urne que remplit ma tendresse,
Gerbe pieuse que je tressé
Et dont nos larmes sont les fleurs.

O mélancolique madone,
Notre-Dame de mon chagrin,
Ce poème que je te donne
Sera l'inépuisable écrin
Dont joyaux, perles et couronne
Brûleront autour de ton trône,
Comme les cierges du marin.

(1) Déclamé par M. Charles DULLIN.

A toi, ma triste fiancée,
Notre-Dame de mon ennui,
Cette cathédrale dressée
Au ciel de ma profonde nuit,
Ces reposoirs de ma pensée
Où, comme une hostie enchâssée,
Ta chère image émane et luit.

Ci-gît, très puissante et très haute,
Notre-Dame de mon amour,
A qui, dans ma honte et ma faute,
J'ai donné ces vers pour séjour,
Tombeau sacré dont je suis l'hôte,
Où je veux dormir côte à côte
Avec ma passion d'un jour.

L'ADIEU (1)

par Francis Bœuf

« De Noël à Pâques ».

Comme Décembre est loin. Te souviens-tu de notre
chère nuit où la Terre , amoureuse du Ciel
s'enivrait. Nous étions étrangers l'un à l'autre ;
cependant notre chair s'unit en un réel
et tendre emportement parce que nos détresses,
nos fatigues, nos deuils, nos nubiles jeunesses
étaient communes.

(1) Déclamé par M. Marcel OLIN.

Tu connaissais des chansons ;
ton rire rappelait le rire des pinsons,
ton sein ne mentait pas ; j'étais timide et probe...
Tu pris mes baisers neufs. Et ta petite robe
te faisait — souviens-toi — comme un calice noir
d'où jaillissait ta grâce, acquise à mon vouloir.
Paris nous écrasait. Et, pour nos allégresses,
nous rêvions d'une mer aux rythmiques caresses,
nous rêvions d'un beffroi — comme un aïeul penché
sur le front d'un vieux bourg nimbé de solitude.
Et cet âpre Noël nous semblait le prélude
du paisible bonheur que nous avions cherché.

. . . .

Femme, sur les sommets que nous avons connus,
vide la coupe d'or des matins ingénus.
Je veux que mon adieu, clair comme une harmonie,
ne froisse point tes nerfs, ni ton désir obscur
de posséder dans l'Homme un idéal plus pur
— Oui, va vers Ceux qu'un chant entraîne dans la Vie !
Je te quitte et reprends un automnal chemin,
je laisse ton avril parfumé d'aubépines
et je ne dirai plus à mon cœur : « — C'est demain
que tu la verras , près de toi, des églantines
au corsage, descendre en jouant les sentiers
jusqu'à la halte douce au pied des noisetiers. »
Mais je garde en mon cœur encor brûlé de fièvres
le souvenir exquis de tes baisers secrets
et la molle langueur de tes gestes coquets,
Que mon adieu fervent ait pour linceul tes lèvres !

PAROLES VERS LA LUNE (1)

par Jean Metzinger

Lune des regards morts et des vertus polaires
Qui, dans les pires poèmes, fais toujours bien ;
Tu ne me sembles plus qu'un tambour de soie claire...
Ah ! je vais te crever de la canne ou du poing.

En mon jardin gluant de germes où l'armoise
Avorteuse installa son champ d'entraînement.
Ah ! plus ne dansera la sotte ombre chinoise
Que déjà ta lumière innove à mes dépens.

Car l'invisible pointe abstraite du seul Cône,
Sache que je la tiens, ce soir, entre mes doigts
Que le rond de sa base encercle toute icône,
Et son axe éternel n'émane que de moi.

Et je fais le procès de ces astronomies
Qui te prêtaient un vain volume mensonger
Nimbe jaune ! et bourraient ton ventre de momie
De cette boue qui stagne au fond des encriers.

Oui, comme le soleil esclave planétaire
Tu fus, joli cerceau, projeté par mes yeux
Sur le vide ! C'est bien la peste héréditaire
Que rechercher en toi des bulbes ou des dieux.

(1) Déclamé par M. Marcel OLIN.

Je sais renouveler les cœurs et les systèmes.
Les syntaxes, les arts, au moindre clignement
De mon œil, chaste ovaire où dort tout ce que j'aime;
Mais je n'aime, du fond de mon jardin béant,

Je n'aime, ayant broyé l'échine d'une bête
(Aurais-je été l'erreur de ses yeux sans beauté ?)
Qu'à me plonger tout nu, là-haut, dans ta cuvette
D'or pâle, et la remplir de mon unicité !

O SPECTRES DE TES YEUX... (1)

par Auguste Achaume

O spectres de tes yeux qui, fantomatisés,
S'élevèrent, hardis, aux suprêmes hantises,
Dans l'isolement noir des vénales, admises
A partager nos ruts, vainement attisés.

Veilleurs de la ténèbre odieuse, apaisés
Mais pas inassouvis de hautes convoitises...
O spectres de tes yeux dont tu m'immortalises
En provoquant la mort des vœux exorcisés.

Or, pour glorifier l'or de ton reliquaire,
Où mes baisers peureux s'en iraient tous gésir
Sans florir leur brocart d'un effluve stellaire,

Je te consacrerai mon douloureux désir ;
Car le vice a jeté dans mon albe nature
Un ferment d'impudeur, de bouc et d'imposture.

(1) Déclamé par M. Louis BOURNY.

MANE THECEL PHARES (1)

par M. Sadia Lévy

Ma Schoulammithe fleurait la rose du Sçarone et le lis des vallées. Ses cheveux menu-ondés luisaient comme le jaïet d'Ibérie. Son regard était celui d'une eau pure entre les verts roseaux. Koheleth eût donné la moitié de son royaume pour goûter à ses lèvres sades le miel sincère des voluptés.

II

Quand elle chantait, sa voix faisait pleurer les hommes forts. Et, quand sa main, comme une aile de palombe, se posait sur mon front, j'oubliais que j'étais orphelin.

III

Elle était charmante et elle se taisait. Elle savait demeurer immobile et songeuse dans un coin, cependant que je cherchais la pensée.

IV

Un soir, elle partit.
Car je n'étais qu'un chétif harpeur, moi...
Et je ne portais pas *l'étendard au m lieu de d x mille.*
Et il était écrit : *Méné Méné Tékel Ou-Phars m.*

V

Voici : j'ai repris mon deuil d'orphelin.

(1) Déclamé par M. Louis Bourny.

PAIX   SOCIALE (1)

par André Spire.

Cherchons nos égaux, là seulement est le bien.

GŒTHE.

Sur la rivière, sur la belle rivière,
Je flânais, je musais...

Ouvrier, ouvrier,
Le ciel est clair, les nuages légers.
Et les peupliers chantent.
C'est dimanche, c'est dimanche.
Pourquoi, les jambes pendantes,
Regardes-tu l'eau s'écouler
Et moi passer,
Avec des yeux si désolés ?

Et je le pris dans ma barque dansante.
Le ciel est clair, les nuages légers.
Et les peupliers chantent.
C'est dimanche, c'est dimanche,
Mais lui, se met à me remercier,
A m'accabler de sa reconnaissance.

(1) Déclamé par **M.** Louis BOURNY.

Ouvrier, ouvrier,
Le ciel est clair, les nuages légers.
C'est dimanche, c'est dimanche,
Les hommes libres chantent.
Débarque, et, les jambes pendantes,
Regarde le fleuve couler,
Et moi ramer
Loin de ta nuque irrédressable

Sur la rivière, sur la belle rivière,
Je flânais, je musais.

POÈME (1)

par W. O. Milosz

Grincement doux et rouillé d'une berline...
Le crépuscule pleure de vieille joie...
— Il faudrait pourtant aller voir qui est là.
— Bonsoir, comment vous portez-vous, Mylord Spleen?

Les chevaux, les chevaux du passé hennissent
Le soir, le soir, aux fenêtres de l'oubli.
— « La diva que vos sentiments applaudissent,
Mylord, l'avez-vous revue en Italie ? »

(1) Extrait des *Sept Solitudes* (Henri Jouve, 1906), et
déclamé par M. Louis BOURNY.

Il pleut, il pleut doux de la pluie ancienne
Sur les toits, sur les toits rouges d'autrefois.
— « Merci pour votre aimable lettre de Sienne;
Et Noël, se souvient-il encore de moi ? »

Ton coq, ton coq, girouette, dit jamais plus,
J'ai mal, j'ai mal, ô grand-père soir, à l'âme.
— « Ces maudites routes d'automne, goddam!
A propos... Godwin et Percy vous saluent. »

Soir de jadis naïf, doux comme un qui cuve
Son vieux vin de l'an vingt près d'un feu léger.
— « Et puis vous savez, je suis si distrait ! — J'ai
Oublié de jeter moi dans le Vésuve. »

MESDAMES,
MESSIEURS,

Je n'ai point préparé de péroraison, et, vous m'excuserez de conclure brièvement. Nouveaux Amphions, nouveaux Orphées, les jeunes poètes dont je viens de vous parler forceront prochainement l'admiration, rendant sensibles à leurs accents, les pierres mêmes et les animaux sauvages.

TABLE

(1) En note.

INDEX ALPHABÉTIQUE
des Noms cités

CAEN. — Imp. Ch. VALIN, 13, rue Ecuyère.

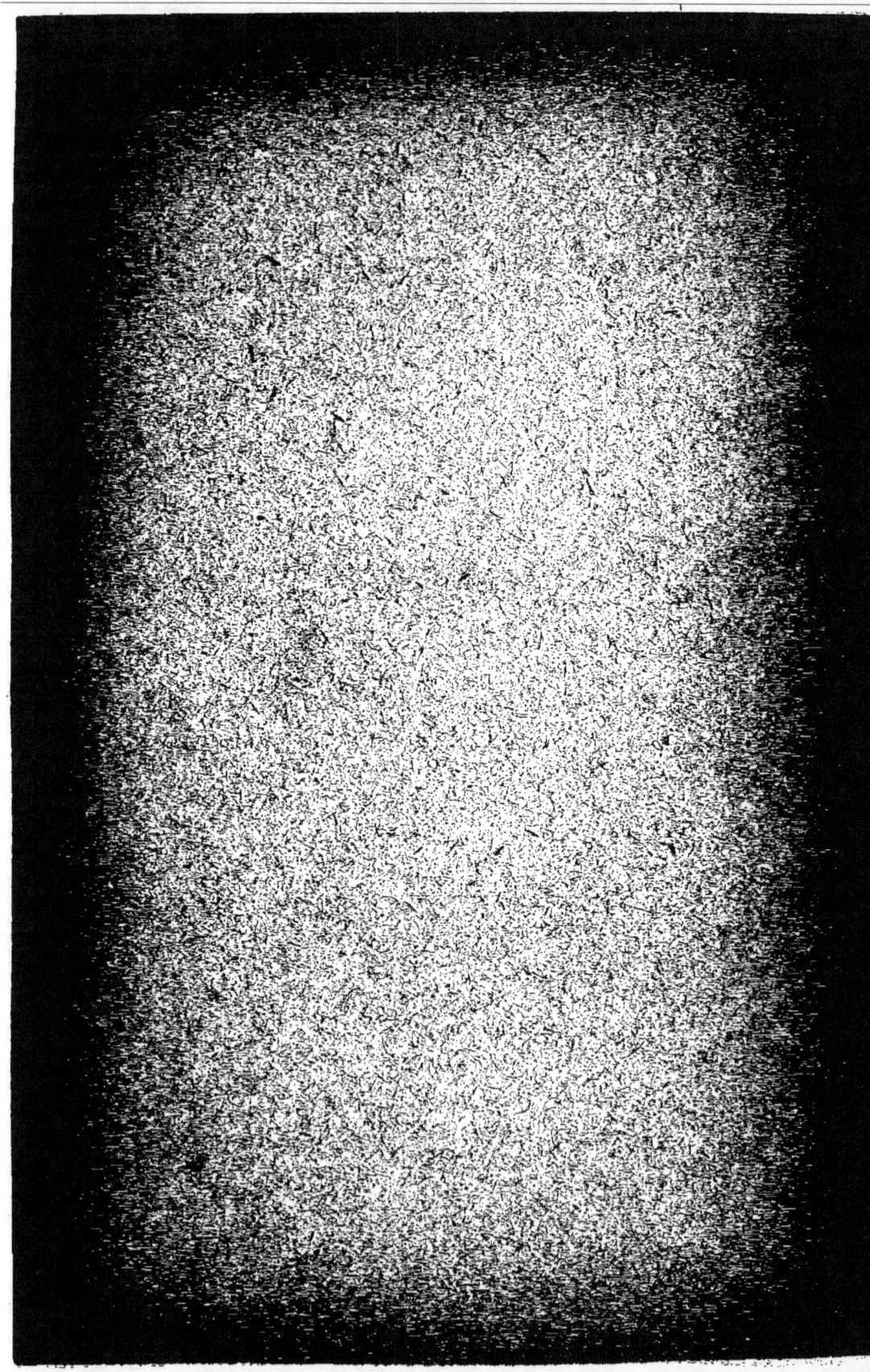

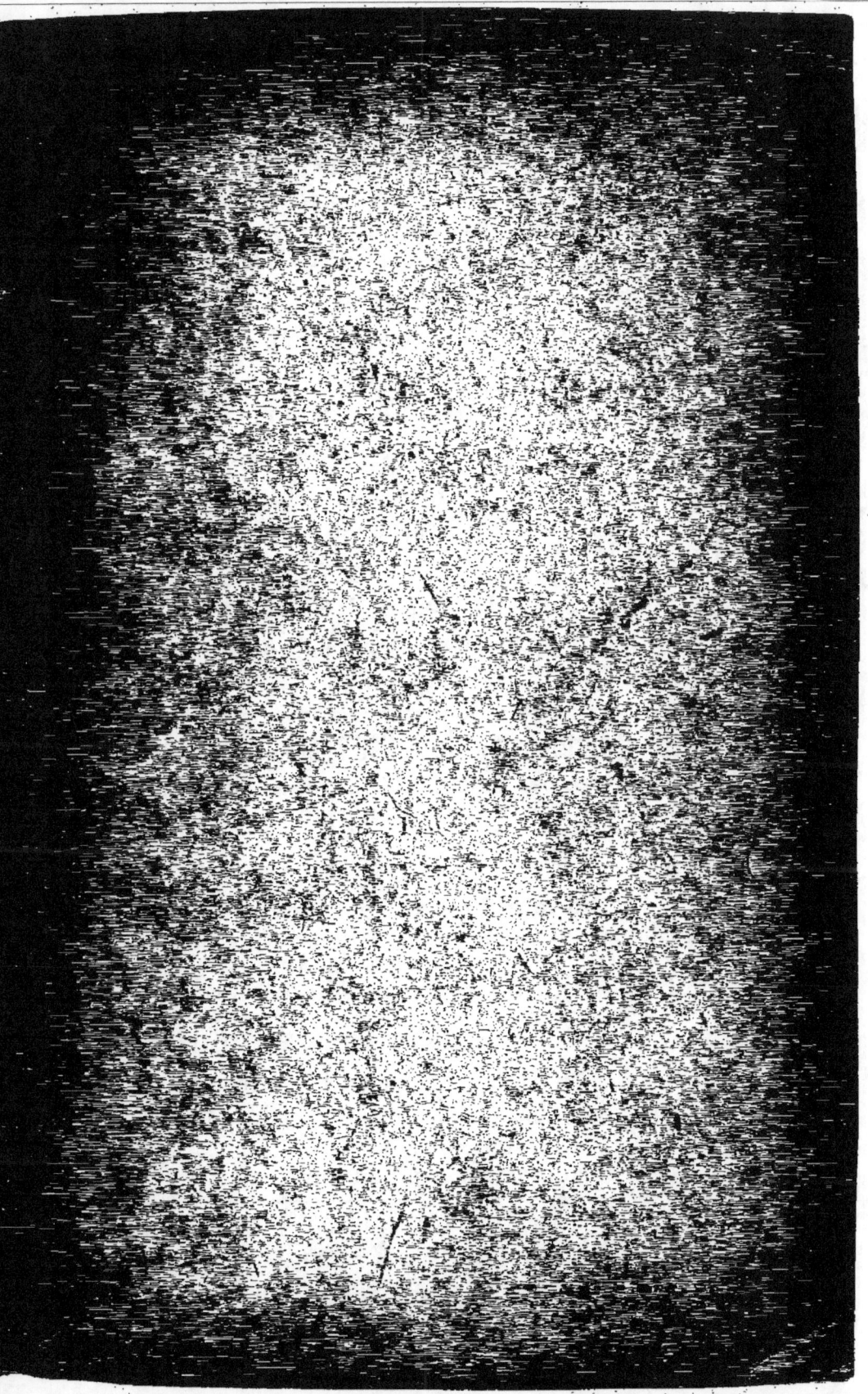

www.ingramcontent.com/pod-product-compliance
Lightning Source LLC
Chambersburg PA
CBHW070505030726
47503CB00004B/1174